梅の実るまで
茅野淳之介幕末日乗
高瀬乃一
新潮社

梅の実るまで
茅野淳之介幕末日乗　目次

装画　瀬知エリカ

梅の実るまで

茅野淳之介幕末日乗

水仙香

「淳之介(じゅんのすけ)さん、淳之介さん」

庭から、お市(いち)の甲高い声がした。夜来の雨があがり若芽の香りがはじけると、誰よりも早く夏のしたくをはじめた母である。

「柿の木が表まで伸びております。見苦しいのでどうにかしてくださいな」

秋になれば、裏長屋の子どもたちが競うようにもいでいく甘い実がなる。できたらそのままにしておきたいが、母に口ごたえなどできようはずもない。

「源次(げんじ)はどこへいったのです」

中間(ちゅうげん)の名を出すと、使いに出ていて留守だという。

「家を直すのは当主の役目ですよ、淳之介さん」

板敷の教場に並んだ経机(きょうづくえ)の間に寝転がっていると、徐々に日暮れの薄い日が淳之介の顔を覆い、いつまで寝ているのだと説教を受けている気になる。

――お天道さままで、おれの尻をたたくのか。梅雨あけが恨めしい。

長い日が差しこむ離れは広い板間になっていて、羽目板には古びた木刀がかかっている。前の住人がそのままにしていったもので、以前は剣術道場として使われていたらしい。羽目板は白いかびが生え、木刀にも埃が積もっていた。

垣根越しに、女たちの姦しい笑い声が聞こえる。茅野家がある小石川伝通院西の三百坂に風鈴売りが往来していた。夏を待ちわびていたのは、お市だけではないらしい。

ギヤマンの音がカラカラと鳴っている。

――笑うがいいさ。なんといっても、人が人を笑うことができるのは、本を読んでも得られない力ゆえ。

ややひがみ根性が強くなった。

かつて茅野家は、徒目付として、小禄であるが役目に任じていた。しかし、淳之介の父、茅野政平が非業の死を遂げ、小普請入りとなってしまった。淳之介が十五歳のころである。それから十二年が経つが、いまだ金も門人もない学問所の主。さらに良縁にもめぐまれぬとなれば、のんきに慣れた淳之介でもげんなりする。

やれやれと体を起こして、がらんとした道場を見渡した。

淳之介は、三年前から離れにある道場を、私塾「鶉居堂」の教場として使用している。多い時は十人以上の門下生がおり、毎日のように「会読」をした。

会読とは、一定の学びを終えた門下生が一堂に集い、定められた経典の章句を前もって読み込んできて、車座になり議論を交わす学習法である。ひとりが章句について持論を話せば、それについての質問がほかの門下生から放たれる。その質問に答えると、また異論が噴出する。

経典は様々だが、鶉居堂では主に『詩経』に始まり、『書経』『易経』『春秋』『周礼』『儀礼』『大戴礼』などを学び、儒教を根源的に理解し討論していく。中でも淳之介が好んで会読に使用したのが、儒教の概要書で、儒学者伊藤仁斎による『童子問』だった。

会読の前日は、まるで祭りにでも繰り出すような心持だったことを思い出す。

この学問所に一歩足を踏みこめば、主従や親族といった縁から離れることができた。地方出身の藩士から、商家の子弟、はては裏長屋の職人や百姓まで、字を摘むことに喜びを見出した男たちが抱くのは、学問への情熱と、知見を広げたいという向上心だった。

淳之介は、「学問は己の為にすべきである」という師の教えを守っていた。だから世の私塾のように門下生に高低はつけないが、熱を帯びると夜遅くまで声が響き、近所から苦情が舞いこんだものである。

ところが世間では、学問に対する考え方が実利的なものに変化していた。

三月前、最後のひとりだった門下生が辞めていった。どれだけ頭脳明晰であっても、諸外国のように官吏登用にはいたらない。付け焼刃で飾り物のような学問を修めるより、実のある蘭学や語学を身につけたいと思うのはしかたないことだ。

書箱に積まれた『童子問　巻之中』を手に取り、めくる。

「己と議論同じきを悦んで　己が意見と異なる者を楽しまざるは　学者の通患なり
学問は切磋琢磨を貴ぶ　己が意見と異なる者に従ひ　己を舎てて心を平かにし　切劘講磨する
に若くはなし」

己と異なる意見を受け入れることは難しい。それでも互いを思いやる「仁」の心があれば、己だけではなく他者も救われる。淳之介はそう解釈し、常に寛容であることを念頭に人と論ずるよう、門下生たちに伝えてきたつもりだ。

――先生は、なぜ学び続けるのですか。

ある農村出身の若者が、淳之介に投げかけた言葉である。彼は学ぶことで暮らしを良くしたいと江戸に出たのに、鶉居堂ではいくら学んでも名利を得ることはできないと失望し辞めていった。門下生の多くは淳之介のように世俗に固執せず学ぼうなどとは考えていなかったのだ。去る者は追わなかった。自分とは相いれないと、淳之介もまた彼らを拒絶してしまったのである。

重い腰をあげ、西日が差す障子戸をあけた。じんわりと湿り気のある生暖かさが土からたちあがる。

草履をつっかけて庭に這いでると、お市はもう台所で夕餉のしたくにとりかかっている。裾をからげ、柿の木にわたした梯子(はしご)に足をかけたとき、ぎっと裏木戸がひらく音がした。

普段そこから入ってくるのは、長く茅野家で奉公する中間の源次と学問所に通う門下生だけだ。はたして、そこに立っていたのは、細い足をむき出しにした色黒の小僧だった。年のころは十歳に満たない。垢(あか)まみれの顔に黒くくりぬいた目が光っている。

「ここは茅野さまのお宅かい?」

「そうだが」

「じゃあ、ここで字が読めるようになるんだな?」

「うちは手習所ではないぞ」

「……ここの奥さまから、字を教えてもらえるってきいてきたんだけど」

どういうことかとたずねると、口下手そうな小僧は唇をとがらせ、訥々(とつとつ)と語りはじめた。

小僧の両親は日雇いをしたり、植木屋の内職をもらい、苗木を育てたりして生活を立てている。

小僧は苗木を植木屋に届ける手伝いをしていて、そこに出入りするうちに顔見知りになったのが、花をながめに来ていたお市だった。梅雨入りのころ、近所の手習所をのぞき見していた小僧は、通りすがったお市に見つかり説教をうけたらしい。

「のぞき見なんか男のすることじゃねえって、首根っこ引っ張られちまった」

せっかちな上に、おせっかいな母である。

「でもうちは束脩なんか払えねえ。そしたら、奥さまがな、花一輪分けてくれたら、先生をしている息子が教えてくれるって……」

少し枯れかけた葉を残した水仙が一茎、そのちいさな手に握られていた。

一

小石川伝通院の西に続く三百坂は、日差しがやわらかくあたる優しい坂である。

淳之介たちが暮らす貸家は、もとは御書院番のお役にあった屋敷で、庭だけは立派な広さがあった。

嘉永二年（一八四九年）立夏を過ぎたころ、徒目付である淳之介の父、茅野政平が死去し小普請入りとなった茅野家は、本郷の組屋敷を引きはらわねばならなくなった。当時淳之介はまだ元服を迎えておらず、さらに父の死が自害であったため、組替えを余儀なくされたのである。

浅草山谷町に小普請組の組屋敷を拝領したが、そこは床底が崩れ落ちるほど老朽化して、人が住めるようなものではなかった。そこで自腹を切って借家を借り受けることになったのである。

元の住人はこの小石川の拝領屋敷を貸家とし、自らは小さな屋敷へ移り住んでいた。家賃収入を見こんで他家に貸すことはままあることで、そこに住まわないかと話が舞いこんだのである。

だが、ここも母屋（おもや）と離れ屋は崩れんばかりに腐食しており、修理ばかりで借財が増えてしまった。前の住人は離れで剣術指南の道場をひらいていたようだが、そこも床がきしみ天井から絶えず雨水がしたたり落ちてくる。

生まれ育った本郷からさほど離れていないので不便はないが、以前より庭が広くなり、日を置かず草むしりに駆りだされるのが厄介だった。お市に用を言いつかる前に、表へ出かけるのが淳之介の日課になっている。

神田川の流れにそって歩くと、左に聖堂昌平坂（しょうへいざか）の長い塀がつづく。昌平橋を渡り筋違御門（すじかいごもん）へ近づいたとき、威勢のいい瓦版屋の声が聞こえてきた。

紙入をさぐってみたが、途中で墓参りのための線香を買って心もとない。ため息をつくと、それにあわせたように風にのった小楢（こなら）の香りが、淳之介の鼻腔をくすぐる。くしゃみが出た。

「さあさあ、オウルコックなる異人の惣領、長崎より帰着した次の日の夜、東禅寺（とうぜんじ）にて攘夷を叫ぶ賊兵に襲われ九死に一生！　赤鬼井伊掃部頭（いいかもんのかみ）の桜田門外での凶事よりわずか一年と三月の暴挙に、オウルコックは怒り心頭。『我は女王の名代である』と、千代田に向かって砲口を向けるのか……このつづきを知りたけりゃあ読売を買っておくれ！」

群がる町人たちの脇をすり抜け大名屋敷へ足を向けると、川ぞいの大番所から役人たちが飛び出てきて、通行人をけちらすのが見えた。

読売は、風紀を乱すとして奉行所から常に目をつけられている。近年は裏読みすれば御公儀（おかみ）を愚弄することも少なくない。

役人が駆けつけると、蜘蛛の子を散らしたように瓦版屋は消えてしまう。居合わせた奉行所の廻り同心が、小者らに指図を出していた。

――そういえば、ちかごろ青柳が顔を見せんな。

南町奉行所定町廻り同心の青柳梅太郎は、淳之介の古なじみだ。折に触れて三百坂までやってきて、お市と淳之介のふがいない暮らしぶりを肴にしていく。

おそらく奉行所総出で攘夷浪士を探索しているのだろう。

五月二十八日、夜四ツ（午後十時頃）をまわるころ。江戸に駐留するイギリス人の宿泊地であり、公使館が置かれていた下高輪村東禅寺が、浪士十四名に襲撃された。寺院には幕命をうけ警護に詰めていた侍が二百人。浪士たちはその見張り番の侍たちを斬り侵入したのである。

寝こみを襲われたイギリス人たちは、警護が腹を刀で裂かれ腸が飛びだすのを目にして震えあがった。一等書記官オリファントと長崎駐在領事モリソンが傷を負ったが、奥の部屋に寝泊まりしていたラザフォード・オールコック公使は無傷であった。

イギリスの頭目を討ち損ねた浪士たちは東禅寺から逃れたが、数人の重傷者が潜伏先の品川宿の一軒で割腹した。ほかの浪士はいずこかへ姿をくらまし逃げ続けている。

筋違御門から日本橋へ続く一本道は通町と呼ばれ、江戸で最もにぎやかな通りである。ときに外国人たちが馬上から江戸の町を見渡しながらいく姿も珍しくなくなった。異人を排斥しようという攘夷派が息巻いている江戸の町は、どこか殺伐として、道行く御家人たちの目がいささか鋭く感じるのは、淳之介のうがった思いこみでもないようだ。

室町に差しかかり、行きつけの書肆を遠巻きにながめる。顔見知りの手代が客の相手をしているすきに前を通り過ぎようとすると、店の奥から男の怒鳴り声が聞こえてきた。道行く町人たちが足をとめて書肆を取り巻いている。

「このような不備な本を並べておくなど承知ならん。金など払えるか」

「そんな、お武家さま。これは間違いのない唐本でございます！」

「しかしテンがないではないか！」

どこぞの藩の江戸詰め衆のようで、土間の平台に並べられた本を無体に蹴りつけ、主人を呼べとつめ寄っていた。

店の主人は外回りで不在だと、手代が青い顔で怯えている。

「ああ、茅野先生！」

だんまりをきめこんでいた淳之介だが、手代に見つかり声をかけられた。表に駆けだしてきた手代は、淳之介の背後に隠れて「たすけてくださいまし」と震えている。その手には唐渡とおぼしき書物が握られていた。

「なんだ、きさまは！」

勤番侍が気色ばんで淳之介の鼻先まで顔を寄せてにらみつけてくる。

「ここの客だ。そこもと、なぜそんなに声を荒らげておる。この本がどうかしたのか」

手代は震える手で、淳之介に唐本を手渡した。

「中を見てみい。点がござらん。それでどのようにして読めと申すのか」

ほう、と淳之介は中をぺらりとめくる。なるほど、と笑みが漏れた。

「これは白文ゆえ、点がはいっておらんのはあたりまえだ」

当然ながら唐人は自国の本に点などいれては読まない。ふだん日本人が目にする漢文の書は、読みやすいよう新たに点をいれたものだ。

「いずれ点が施された書が摺られて並ぶであろう。それまでゆるりと待てばよい」

みるみる勤番侍の顔が赤黒くなる。この男は、唐人も訓点の入った本を読み書きしていると思いこんでいたようだ。店を取り囲んでいた野次馬たちから笑い声があがり、田舎侍の失態をはやしたてる。

勤番侍が腰の太刀に手をかけた。怒りで震える手が柄をカタカタ鳴らしていた。そばにいた女が小さく悲鳴をあげる。

「勝手に店に難癖をつけたのはそこもとであろう。おのれのまちがいを正さず、早合点で斬って捨てようなど、士道を心得た者がすることではないのではないか」

勤番侍は袴の股立（ももだち）を取り、いまにも淳之介を成敗する勢いだが、野次馬たちの罵声をうけると、つばをはきすて早足で去っていった。

「茅野先生、ありがとうございます。あの田舎者は物知らずで往生しておりました」

手代が汗を拭きながら淳之介に頭をさげる。

「いつも世話になっておるからの」

店の小僧が散らばった本を集めているのをながめながら、淳之介は少しずつ草履を擦（す）って店から立ち退こうとする。

「あ、茅野先生！」

「礼はいい」

「いえ、先（せん）だってお渡しした本の支払いがまだでございます。馬田柳浪（うまたりゅうろう）『朝顔日記』後篇合一冊。一途な男女の情に心打たれて勘定を忘れておいでのようで」

そろそろ夏の節季払いの時期である。

「せっかく助けてやったのに」

「それとこれとは話が別でございます」

手代はあらかじめ用意していたと思われる帳簿を懐から取りだすと、淳之介の鼻先に差しだした。

霊岸島の菩提寺にある父の墓参りを終え三百坂へ帰宅すると、ちょうど七ツ（午後四時頃）の時鐘が聞こえた。

「ただいまもどりました、母上」

庭のすみで土を掘り返しているお市が「今日もお弟子さんらは顔を見せませんでしたが」と言って振り返った。

「おや、韮ですか」

お市の脇に、青々とした葉が一茎横たわっている。暮らしの掛りに貧する茅野家では、庭の半分を耕し畑にして野菜をこしらえていた。

「黄玉花という種の水仙ですよ。見てわかりませぬか」

「区別がつきません」

「これを韮と間違えて食べでもしたら、四半刻（三十分）しないうちにあなたは痛みに悶えることになります」

みすぼらしい家屋だが、庭は植木屋に負けないほど季節の花々が群生している。小手鞠、萩、水仙、萱草菜、山茶花などが、四季に合せて流れるように咲き乱れ、やがて枯れて次の季節に移っていく。

あまりに多くて、雑草を抜けと言われても、どれがいらぬものか咲くものかわからないくらいだ。

「これは普通の黄玉花ではありません。八重の花を咲かせてくれる、ありがたい玉のような種類の水仙だそうです」

先日、庭先で追い返した小僧の顔を思いだす。

「字を教えてくれとたずねてきた小僧ですな。母上、あちらこちらで余計なことを言わんでください」

「あれは次の春に、植木問屋へ奉公にあがるそうです。読み書きができたほうが、重宝されるでしょう。それに、こう申してはなんですが、どうせお弟子さんなぞ居らぬではありませんか」

「うちは手習所ではございません」

「あら、淳之介さんもよく分かっておいででひと安心でございます。さようです。我が家は東照(とうしょう)大権現(だいごんげん)さまの代からお役目をいただく家柄。学問より武芸で身を立て仕えてきた直参(じきさん)でございます」

「……」

「奥に青柳さまがいらしてますよ」

淳之介のひとつ年上の青柳梅太郎は、コロリで死んだ父の跡を継ぎ、二十五という若さで異例の定町廻り同心に抜擢された、奉行所きっての傑物である。役目がら、方々から付け届けを受ける身で、茶菓子やら干し物をたずさえて茅野家にやってくる。

いつもよりお市の嫌味に棘(とげ)がなかったのは、青柳の手土産のおかげかもしれない。

青柳とは私塾と剣術道場が同門で、私塾で味噌っかすだった青柳と、剣術道場で木偶(でく)人形扱いをされていた淳之介は、なぜかウマがあった。

淳之介は十歳になるころには四書をそらんじて、私塾「斉藤塾」の師匠、斉藤鶉庵から目をかけられていた。一方で青柳は、外神田にある心形刀流有馬道場の高弟として一目置かれる存在だった。たがいに苦手な習い事を怠けるときは、もう一方が出席の名札をひっくり返すというこざかしい悪さをして、師匠たちから叱られたものである。

悪事を先導していたのは、たいてい青柳梅太郎だった。淳之介はとばっちりをうけただけだが、なぜか一緒に叱られるとうれしかったのを思い出す。

そんな青柳も、いまやこの若さで、同心の組屋敷がある場所にちなんで「八丁堀の青鬼」と称される町廻りである。かたや、役目のない淳之介の俸禄など微々たるもので、いまにも潰れそうな家屋を維持しながら糊口をしのぐことで精いっぱいだ。お市の仕立ての内職と、源次の日雇いの稼ぎで、かろうじて食いつないでいる。

奥座敷には青柳と、彼が手札を渡す岡っ引きの正吉が待っていた。どうやら幼馴染と昔語りをしに来たわけではないらしい。痩身で色白の淳之介とちがい、青柳は日に焼けた体軀にみっしりと肉がついている。

「金に難儀している友に、ちょいと良い話をもってきた」

「困ってはおらん。少々、母上に負担を強いることが後ろめたいだけだ」

「学問をする者は頑固でこまる。御母堂の仕立て内職だけでは心もとなかろう。金がないならおれを頼れといつも申しておろうが」

「おまえに金など無心したら利息が高くつくではないか」

「本屋で手代に頭をさげていたと、正吉から耳にしたぜ」

淳之介は正吉をにらみつけた。四十がらみの熟練岡っ引きは、素知らぬ顔で庭の花を見つめている。

青柳はいつも絶妙なころを見計らうように、茅野家にやってくる。それはたいてい下っ引きのような仕事を頼むときで、はたして今回もそうであった。

「深川でひとりの娘を見張ってほしい。二日で一分。悪くねえだろ？　十日も張りこめば一両と一分だ」

「そんなに長くか」

袖手のままうめくと、正吉が身を乗りだして言った。

「深川は青柳の旦那の領分だが、別の親分の縄張りでしてねえ。こっちから義は通してはいるが、ほかの親分の手前目立った動きはできねえ。しかもあっしは炭屋の仕事があるんで、べったりと張り付くことも難しい」

正吉には多くの下っ引きが付いているが、みな別の咎人の身辺を探っていて人手が足りないと頭をさげた。奉行所は、先の東禅寺襲撃の残党を追って江戸中を駆け回っている。ケチな巾着切りなど後回しにするよう、岡っ引きに言いふくめているという。

ここまで奉行所が追い込まれているのは、イギリス公使オールコックの書簡が原因らしい。このたびの襲撃が浪人無宿の者がしでかしたことであっても、徳川が始末をつける責務があるという主張である。昨年、清が英仏連合軍の大艦隊によって北京を占拠されたことは、日本人に未曾有の恐怖を植えつけたままだ。お市など、外国人は腹がへると人肉を食べると本気で恐れている。

「閣老はそうとう焦っておる。奉行所は人手不足で、おまえのような小普請をかき集めるほどだ」

「その娘は何者だ」

「深川の櫓下にある女郎屋で洗濯女をしておる娘で、名は楽という」

生まれは下野国で年は十六、七歳。その女郎屋に水戸浪士が頻繁に出入りしているというたれこみがあった。青柳の属する与力の命で、女郎屋に密偵を送りこみ探りを入れたところ、お楽と深い仲になった浪士のひとりが、東禅寺襲撃に加担した村越鍋太郎という男だと判明したのだ。

淳之介は腕を組んだまま目をとじた。そんな攘夷浪士の見張りとは、なんとも荷が重い。

青柳はすぐに淳之介の心の内を察したらしい。厚い胸をさらに張り、幼馴染をにらみつけた。

「おまえも武士の端くれなら、この世を憂えて悪漢を捕らえようという気概をもて」

「おれはしがない私塾の主だ。腰のものなんぞ何年も手入れしておらん鈍らだわ」

「景光が泣くぞ」

青柳は、刀掛けに据えられた大小に目をやった。茅野家に伝わる名刀だが、淳之介がそれを抜いたのは過去に一度だけ。思いだすだけで、手のひらに汗がにじむ。

「安心しろ。残党が櫓下に姿をみせる可能性は低い。とうに江戸から逃げていると、上役たちも見立てちゃあいるが、どこに抜け穴があるかわからねえからな」

関わりのある女をすべて見張るようにとお達しがあったのでしかたないと、青柳は前のめりで淳之介に告げた。正吉も、頼みますと頭をさげる。

「ほかの手下たちには、江戸から出る宿場を張らせている。そちらの方がおあしはよい。だがひと悶着あるだろうなあ。どうするよ、茅野」

「十日でよいのだな」

それだけあれば、先日買った読本が読み切れそうだ。しかも見張りに借りうけた小料理屋の飯が食えるというのだから、悪い話ではない。

「御母堂は、ひと月でもいいとおっしゃっておったゆえ、すでに前渡ししておいた」

青柳はにやと笑い、冷めた茶をいっきに飲み干した。

二

深川蛤町の川堀にそった表通りを、一本裏道に入った先に、料理茶屋「花天」はある。表向きはありふれた料亭だが、奥座敷では置屋から呼びつけた遊女が男客の相手をしている。仲居や洗濯女のお楽も色を売っているだろう。その花天のはす向かいの小料理屋「たきがわ」が、正吉の手配した見張り用の店だった。

二階から表をのぞくと、連なる屋根のむこうに富岡八幡宮の一之鳥居が見えた。夕刻の西日をうける大鳥居は見飽きることがないほど美しい。一度でいいから、辰巳芸者の三味線を聴きながらながめたかったとしみじみ思う。

深川といえば、かつては幕府公認の吉原遊郭をしのぐ賑わいをみせた岡場所だった。深川の「辰巳風」と称された瀟洒な芸者衆は、粋を好む木場の職人や商人、そして吉原に登楼できない貧乏御家人らからたいそう好まれたという。

認可外の遊里「他場所」から転じたとか、「岡」が「脇」を表す言葉であることから「岡場所」となったなどと言われている。深川一帯で特に繁盛してきた七場所は、幕府の度重なる改革で厳しく取締りをうけ、二十年前の天保の改革によって取り潰しとあいなった。遊女は吉原へ移され、芸者も柳橋や新橋へ移り住み、新たな地で花街が築かれている。

深川芸者の洗練された色香と婀娜は、ほかの花街にはない成熟した遊里を作りあげていた、というのが、お市の兄で伯父の佐原善之丞の口癖だ。

全盛期に比べれば、このあたりの賑わいはずいぶん薄れたが、夜の色町の匂いは土地に染みついていた。日が暮れて表を歩けば、女たちに店へと引きずりこまれそうになる。金さえあれば遊んでいくが、前渡しされた金はお市が札差の借金返済に使ってしまった。

昼間は家に戻ってもいいと言われている。だが、たきがわの二階が思いのほか居心地がよい。表の喧騒は慣れたらさほどのものではなく、女将に頼めば三食飯が食える。なによりお市から小言をあびせられることもない。

はじめの三日ほどは、小さな旅に出た気分で、窓辺に身を寄せ、花天の出入り客と、お楽の動きを注視した。訪れる客はたいてい常連の旦那衆だ。

やがて淳之介は、都合よく花天の入り口が見えるよう文机に鏡を据え置き、寝ころがって目当ての男が映るのを待つようになった。だが、花天の仲居から聞きだした人相書きにあう、浪士風体の男は姿を見せない。

奉行所の見立てどおり、すでに徒党は江戸から離れているのかもしれない。正吉は花天は外れだとばかり、丸一日顔を出さないこともある。

十日ほど無為に過ごし、そろそろ怠惰にも飽きてきた。山積みにされた本も読みつくしてしまった。たきがわの主人と将棋を指したり、奉公人が手に入れてきた読売をながめて時を過ごしたが、尻に根が張りそうで嫌気がさしてくる。

さらに面倒なのは、たきがわの女将が、あからさまに淳之介を面倒な居続け客だと疎んでいることだった。女将や奉公人らは口が軽いので、たきがわの主人以外は正吉から事情を知らされていないのだ。

「旦那、夕餉をお持ちいたしますが、燗はつけられますか」

襖のむこうから女将の声がする。まだ腹は減っていないと返そうとしたが、その前にすうっとためらいがちに襖が開き、丸顔の女将が姿を見せた。

「あのう、旦那。ちょいとお聞きしてもよろしゅうございますか？」

女将はあたりをはばかるように声をひそめた。

「旦那はいま流行りのアレではございませんでしょうなあ？」

「アレ、とは？」

「ちかごろあちらこちらで、やれ攘夷だ尊王だとか勇ましいことをわめきながら、人斬包丁で脅かす手のつけられない輩でございますよ」

女将は刀掛けの太刀にちらと目をやった。

深川あたりでは、素町人であろうと侍であろうと、試し斬りの藁のごとく斬っていく浪人が出没している。先日など、麻布の異人居留地で包丁を握っていた料理人が深川の居酒屋に立ちより、異人の胃袋の底なし具合を面白おかしく話していたら、二、三人の浪人が店に押し入り「神国を穢すか」と斬り殺してしまったという。

「せっかく御公儀から店の商いを再度認めていただいたというのに、これじゃあおっかなくて表も歩けやしません」

身元のわからぬ淳之介が、そんな物騒な攘夷浪人ではないかと噂がたち、奉公人らが世話をしたがらないのだという。

「いえね、うちは八代将軍の御代から続く由緒ある料理屋でございますから、異人などに食わせるものは拵えちゃあいませんからね」

女将は口が過ぎたと手を振る。淳之介は笑いながら文机の上に書き散らかしていた紙をかかげてみせた。

「私は役目もない体たらくでな。好きが高じて戯作をたしなみ、あわよくば世に名を成そうなどと思って居ついているのだ。ここの主人は版元にも顔が利くと聞いてな、いろいろとご指南をいただいておる次第」

「ああ、さようでございましたか。そうだと思いましたよ。旦那はどこかぼんやりしておいでで、乱痴気騒ぎには縁が薄そうなお顔立ちでございますからねえ」

それほど己の顔はのっぺりと面白みのないものかと鏡をのぞきこむ。無精ひげが伸びていた。

淳之介は女将に湯屋へ行ってから夕餉をだしてほしいと頼み、手拭を手に部屋を出た。

花天の軒行灯に明かりが点るには、まだ半刻ほど時がある。数日の見張りで、客が出入りする時刻も目星がついていた。あたりに怪しい浪人がいないことを確かめて店を出ると、赤い鳥居を背にして黒江町の湯屋へ足を向ける。

暑熱をふくんだ海風が、淳之介の体にねっとりと絡まってくる。どっと汗が滲み、気づくと手の甲に蚊が止まっていた。

そろそろ質に出している蚊帳を買いもどさねばと考えながら歩いていると、商い店の間に延びる小路から、ふいによちよち歩きの子が飛び出してきた。その子は淳之介の足にぶつかってひっくり返ると、夕暮れの雲を蹴散らすように泣きだした。淳之介が抱き起すと、さらに泣き声をあげる。お守りはどこだとあたりを見回していると、

「ちょっと、あんた、かどわかしかい！」

と、澄んだ娘の声が道に響いた。

振り返ると、そこにいたのは花天のお楽であった。遠巻きに見るより肌が白く、ふっくらとした胸から色香が漏れている。継ぎはぎの小袖姿に隠れているが、どうしていっぱしの女だった。田舎出だというが、色町で暮らせばいくらか江戸の水に染まっていくものらしい。

お楽に詰め寄られ、淳之介は慌てて顔をそらした。そのしぐさが一層怪しく見えたようで、淳之介の腕から子をひきはがし、細い目をつりあげて、淳之介の顔をぶしつけなほど見つめてくる。

「怪しい者ではない。その子の親を探しておっただけだ」

お楽は淳之介の腰の二本に目を移す。淳之介は手拭を見せて「湯屋へいくところだ」と、両手をあげてみせた。たきがわの女将同様、このあたりの住人は浪人たちの無法な行いに悩まされているようだった。

「ああ、ここにおったかい！」

路地から女が駆けてきた。子を母親に渡したお楽は、ばつが悪そうに淳之介に頭をさげた。その体から、嗅いだ覚えのある庭の香りがした。

「水仙か」

お楽は首をかしげた。

「母が好きでね」

「……この香りは胸をすっとさせるの」

お楽は袷(あわせ)の懐から小さな木綿をとり出し、口元にあてた。

「胸やけがひどいときにいいんだよ。店の姐(ねえ)さんが花の精油をわけてくれて、ほら、こうして手ぬぐいに浸みこませているんだ」

「ほう、宿酔(ふつかよい)にもよさげだな」

この流れで村越鍋太郎なる攘夷浪士の話が聴きだせないだろうか。そう逡巡していると、お楽は思いだしたように手をたたいた。

「小歌姐さんのおつかいの途中だった！　疑って悪かったね、お侍さん」

ちいさな細い瞳が、子どものようにくるくる色を変える。

お楽は急ぎ足で商い店の路地へ走り去っていった。あとに残った水仙の香りは、淳之介の心の内に染み入るように長く記憶に残った。


「心安くしている店があるので」と、うつ伏せで本を読んでいるところを引っ張りだされ、正吉に連れられて入った店は、花天から十町ほど離れた裏路地の、小さな芋酒屋だった。

店に入るなり、正吉は板場から顔を出した主人に素早く目を走らせる。主人も「いらっしゃい」と声をかけながら意味ありげにうなずくと、ちらと奥に目をやった。小上がりに腰をおろし、白酒をたのんだ正吉だが、彼の目線はふたつの衝立を挟んだ奥の客に向けられていた。

「青柳の旦那からのことづけで、やつらを見張っとります。あっしだけじゃあ怪しまれるんでさ。旦那はどっから見ても役人には見えねえから都合いい」

昨日、南町奉行所で大捕り物があった。千住宿で、東禅寺を襲撃したと目される水戸浪士ふたりを囲んだが、あと一歩というところで死なせてしまった、と正吉は小声で話した。

ふたりは自ら首を切ったが、死にきれなかったひとりは歯に仕こんだ毒で自害した。その男らが途中まで行動をともにしていたのが、目線の先にいる三人である。

「あの中のひとりが、人相書きの男だな」

「村越鍋太郎という水戸の脱藩浪士です」

まだ二十二と若いが、神道無念流の腕利きだという。水戸の弘道館へ通っていた才子で、学ぶうちに尊王攘夷の道へ進むことになった水戸郷士だった。

「すでに国許に探りをいれましたが、ふた親はなく妻子もいやせん。弟がおるようですが、幼いころに養子に出ており縁はきれております」

失うものがない浪人ほど厄介なものはないと、正吉は言った。

淳之介の位置からでは村越の斜めうしろの鬢あたりしか見えないが、右の肩のあたりが隆起している様子から、相当な剣の使い手だとわかる。

「ここでひっ捕らえるわけにはいかんのか」

正吉は金壺眼を細め、「あっしにゃあ、よくわからんのですがねえ」と、干しものを噛みちぎって、奉行所は村越らに資金を流す黒幕を根こそぎ捕縛したいのだろうと言う。

「水戸藩などが、よう名があがっておるではないか」

「それはこっちが手のつけられる領分じゃありやせん」

正吉は首を振った。

「それよりも、先生は、大橋なる儒学者を知ってなさるかい」

「たしか思誠塾の塾長であろう」

大橋訥庵。尊王論者であり、外夷を打ちはらえと声高に主張し一世を風靡した強硬な攘夷論者でもある。淳之介の塾のなかにも、思誠塾へ移った門弟が何人かいた。以前は日本橋に塾があったが、安政の地震で家屋がつぶれ、向島の小梅村に移り、そこで門下生を多く集めているという。

「本丸はそちらというわけか」

「村越も思誠塾の分流の集まりに出入りしておったようで、そちらからも探りをいれております」

　そのため村越らを泳がせているが、正吉にしてみたら、目の前の獲物をみすみす逃すことには納得がいかないという口ぶりだった。

　水戸改革派のなかでも村越は急進的な「仁令会（じんれいかい）」という一派に属していたらしい。そのうちお楽を通して、ほかの攘夷派と連絡をとるはず。お楽も国許から差し向けられた女なのだろうと奉行所では推察している。

「ただの口減らしの田舎娘のような気もするがな」

　潑剌（はつらつ）として暗い影がない笑顔を思いだす。正吉は下卑（げび）た笑みを浮かべた。

「ああいう、ぽちゃぽちゃっとした娘が好みでやんすか？」

「あまり世間ずれしておらんし、なにより私に対して臆することなく突っかかってきおった。警戒心を抱いていない証であろう」

「旦那ぁ、勘弁してくだせえ。娘とはちあわせたんで？」

　いやいやと淳之介は額（ひたい）をかく。

「攘夷浪士と繫がっているなら、私のような得体のしれぬ男にあちらから声などかけるだろうか。後ろめたいことをしておるなら、なおさらではないか」

「探りをいれられたとは思わねえんですかい」

「であれば、あの迷子の赤子も、攘夷浪士のはしくれだったのかねえ」

　笑い事じゃござんせんと、正吉は深いため息をつき、酒を一気にあおった。

　しばらくたって、中台で飯を食べていた左官たちが店を出ていった。村越たちはあたりを気にする風もなく、大声で天ぷらを頼む。議論に熱が入り声がしだいに大きくなっているが、本人たちは気づいていない。

「先日会所で村越さんに指南いただいたことが、このたびの働きに大いに役立った。おのれの命を賭してせねばならぬことがある。それは何百年もまえから変わらぬ士道の教えだったのだ」

「『朝に道を聞かば　夕べに死すとも可なり』——われらの金科玉条ともなりえる孔子の教えよ」

村越が湯呑みを木具膳にたたきつけた。

「将軍継嗣の対立より、わが国（水戸藩）は二派に分裂した。無益な論議をかさね、打開をはかろうなどという軟弱な一派は侍にあらず。われらがこの太刀で夷狄を打ち払わねば、日本は清の二の舞になろう。われらの命は道を開くためにある」

「御政道のため、王道のため」

「おう、王道のため。管仲のごとき御公儀は、これまで覇道にてこの国をおさめてきた。管仲は覇業こそ成し遂げたが、真の王にはなれなかった。器の小さき人物。それがすべてよ」

徐々に大声になる村越に、ほかのふたりが「シッ」と制し、店を見渡した。正吉が酔っぱらいのふりをして、お燗番に酒を頼む。男たちはまた額を寄せたが、もう声は聞こえてこなかった。

「旦那、管仲ってのは何者でい」

正吉は酒に口をつけながら、ささやくように淳之介にたずねた。

管仲は、唐国が斉と呼ばれていたころ、王を助けた政治家である。五百年にひとりの傑物と称され尊敬された。管仲がいなければ、当時の斉は夷狄に支配されていただろう。

「それをあいつらは器が小さいなんていいやがるのか。おかしな奴らだ」

孔子は、管仲の人となりについてその功績を認めながら、礼を失した者として嘆いてもいる。村越という浪士は、徳川を管仲に見立て、真の王は別にいると訴える。これは先の異人襲撃とは比較にならないほど危険な思想だ。淳之介は身震いを隠すように酒をあおった。

正吉は釈然としないようである。

「あっしはとんと学がねえからひがんでいるわけじゃねえが、口先ばっかりの学者ってのはこの世でいっとう信用ならねえ。それにこの生業にめんどうな読み書きは必要ねえと思っているしな」

「そりゃあ、もったいない。学ぶことはこの世でもっとも贅沢な遊びだというに」

「ほら、学者先生はそういう難しいことを言いやがる。女を抱くこと以上に楽しいことなんかあるもんかい」

「じつのところ、私だってまだよくわからないのだ。ただ、楽しみかたは人それぞれ、悲しみかたもそれぞれさ」

人の感情ひとつとってもそうなのだから、大昔に説かれた言葉が、受け取る者の数だけ形を変えるのはしかたのないことかもしれない。

村越が口にした孔子の教えは、たしかに文字面だけ追えば「おのれの主義を達成するなら、一命を捨てても意に介さず」と読むことができる。

だが、孔子は決して厭世主義者ではなかった。「朝に道を聞かば　夕べに死すとも可なり」という言葉は、生き続けなければ意味がないのに。

男たちが店を出たあと、正吉は村越たちを見張ると告げ、ほこりが舞う路地裏へ消えていった。

海風とともに青い苞の匂いが通りを抜けていく。酒でほてった息をはくと、代わりに胸に澄んだ空気が流れこんだ。

いわれのない白い目を町人たちから受けながらたきがわに戻ると、ちょうど花天から出てくるお楽を見かけた。店の用事でも済ませにいくのか、早足で路地を歩いていく。淳之介はお楽のあとをつけた。

小間物や古着が並ぶ床店（とこみせ）の合間をすり抜け、人通りのない細い路地をぬっていく。村越たちは小名木川（おなぎがわ）の方へ向かっていたから、お楽と落ちあうわけではなさそうだ。

しばらくして、お楽は一軒の古びた家屋で足を止めた。幾度かその前で行き来したが、結局入ることなくきびすを返し、来た道を戻っていった。

お楽がたち去るのを見送り、淳之介はそっとその家に近づいた。思わず小さくうめき、お楽が消えた路地を振りかえった。生温（なまぬる）い風が湿った砂を撫でている。

『月水早流（げっすいはやながし）　有り〼（ます）』

潮気で傷んだ戸口には、長くさらされて破れた引き札が、ごわつき張りついていた。

三

潮の香りがする川など珍しいなと思いながら、淳之介は釣り糸を垂れている。葦（あし）の先が顔に当たってくすぐったい。これが夢だと知りながらわざと夢を見続けるのは、淳之介の悪癖のひとつだ。

「釣れませんなあ」

隣に座って、一緒に釣りをする大柄の初老の男に声をかけた。

いつから糸を垂らしているのかわからないが、長らく淳之介は川べりに腰をおろしている。底まで見通せる澄んだ流れのなかに魚影は見えるのに。

淳之介はじっと水面を見つめた。男は笑いながら小さな鮎を釣りあげた。

「なぜそれほどたやすく釣れるのでしょう。餌が違うのでしょうか」

「魚が進みたがる方に鉤を向けていただけのことだ。おまえさんは魚が動くことを忘れて、影のそばにばかり糸を垂らす。もうそこに鮎はおらんというに」

なるほど、と淳之介は身を乗りだして、川の流れと魚の尾びれを見つめた。

「視て、観極め、察するのですな」

「そのように昔から申しておるのに」

男は不貞腐れたように腕を組み、にやっと笑った。

「どこかでお会いしましたか」

「毎日会っている」

魚がはねた。水が淳之介の頬に当たる。驚いて尻餅をつき、足が滑って泥に草履ごとすくわれた。

「いやいや」と顔をあげると、男は釣り竿だけ残していなくなっていた。

どこへいかれたか。立ちあがってあたりを見るが、葦が風に揺れるだけで人の気配はない。

飛びだしてきた魚が泥の上でぴちぴちと跳ねている。やがてその音がかぼそい赤ん坊の泣き声に変わった。

「いかん、いかん」

淳之介は魚を手にとりそっと川に返した。魚影はしばらく川面近くでくるくる回っていたが、やがて深くへ潜って見えなくなった。

目を覚ますと、襷(たすき)がけした正吉が、細くひらいた障子窓から外をにらみつけていた。

「ようやく起きたかい、旦那。これからちと騒がしくなりますぜ」

夕暮れどきの海風でカタカタと音を鳴らす障子に、茜色の筋が差しこんでいた。刀掛けの太刀を手に取り、正吉の横に片膝をつく。表の路地を見おろすと、いつもと変わらない色町の夜がにじり寄っていた。花天を見通すことができる脇道に、捕吏たちが隠れている。

「村越か」

「今宵、水戸から出てきた脱藩浪士らが、花天の貸座敷に現れるそうです。店の主人だって店ぐるみで浪士を囲っているなどと疑われたくねえ。主人をひっ捕らえて番所で青柳の旦那が脅したら、つるりと口を割りやがった」

さらに奉行所では、深川近辺で試し斬りと称して町人らを恐怖に陥れている浪人も、村越一派だろうと目している。それらを根こそぎ捕縛するため、正吉ら縄張り違いの岡っ引きまで出張(でば)る、大掛かりな捕物出役(とりものしゅつやく)になっているらしい。

ふいに、頭の中で水音がした。夢の中で跳ねていた鮎が、胸の中をすいっと泳いでいくのを感じる。

「あ、旦那！」

正吉が呼び止めるのを振り切り、淳之介は箱階段を駆けおりた。草履をつっかけると、なぜかそれは濡れていて、泥まみれの水草が絡まって履きづらい。

足をひきずるようにして道を横切り、はす向かいの花天の暖簾(のれん)を押した。

「主はおるか！」

飯炊きらしき老婆が顔をだす。

「朝からご用で出ておりますが」

捕物が起こるのを察して身を隠したか、まだ拘束されているか。店の様子がおかしいと察した仲居たちが、不安そうに奥の板間に集まっていた。

「お楽はどこだ」

紅の濃い女が台所に居ると指差した。土足で廊下にあがり、台所をのぞくとお楽が青い顔をしてうずくまっている。

「お楽。はようここから逃げるんだ」

「あんたはこの前の……」

「もうすぐここに南町の捕吏が踏みこんでくる。おまえさんは水戸の間者(かんじゃ)と疑われているゆえ、下手をしたら命もあやうい」

目をまるくしたお楽は、腹と口をおさえて顔を伏した。

「やはり身籠っていたか。村越の子だな」

「……小歌姐さんに申しわけねえ」

精油をくれたという女郎である。村越と頻繁に会っていたのは、小歌という花天の店付きの女郎だった。小歌がほかの客を相手にしているあいだ、村越の目に留まったのが洗濯女のお楽だったという。もっと田舎へ送るかせぎが欲しかったとうな垂れた。

きのう、お楽が立ち寄ったのは、堕胎(だたい)薬を処方する店だった。奉公をつづけるために腹の子を堕(おろ)そうと思ったが、直前で気が変わった。すでに母親の情が宿っているのだ。

「村越はある襲撃事件に関与しておる。おまえさんは承知しておったのか?」

「まさか、知らないよ!　村越の旦那がそんな物騒なお人だとは思いもしなかった!」

戸惑うお楽の手を引いて、どこか逃げる道はないかとたずねると、お楽は勝手口に目をやった。外蔵の脇に、深川岡場所で表立って遊べない武家の御大尽が、出入りする潜戸がある。

淳之介はお楽を抱きかかえるようにして裏口から出ると、そのまま潜戸から表へ脱出した。堀に面しているので、捕吏たちの姿はない。細い道を壁伝いに進むと、やがて永代寺門前仲町の小路に出た。

お楽が店の方を振り返り立ち止まった。その手を強く引いたとき、淳之介は西日を背にして立つひとりの男と目があった。右肩が厚く隆起している。村越鍋太郎だった。息が荒い。花天の周りの異変に気づき、ここまで逃げてきたのだろう。村越は目を細め、淳之介の背後に隠れたお楽をにらんだ。

「おまえが密告したのか！」

村越は太刀の柄に手をかけた。

「村越、勘違いするな。お楽は腹に子を抱いておる。害が及ばぬようあの場を離れただけのこと」

子と聞いた村越は、一瞬驚いた顔をしたが、すぐ険しい表情に戻った。

「わしの名を知っているということは、おまえも役人か」

「私はしがない学問所の主だ。たまたま、そなたらが居酒屋で話しているところに出くわしたことがある」

「……」

村越は地に草履が埋まるほどの重いすり足で間合いを詰めてくる。鍔に指がかかっていた。

「おまえはひとつ大きな思い違いをしている。道を知ることができたら死んでもよいなど、どうして考える」

淳之介は震えているのを気取られまいとして訊いた。

「それがわれらの目指すものだからだ。この先の王道のために必要なことだ」

「子の言葉を深く知ろうとしたのか！」

あれは老いて学ぶことを諦めようとした者に向けて、道を求めるのならば、時を惜しんで励むよう説いたものだ。

「決して死んで主義を通せなどとは説いておらん」

時間を稼ごうとひとことひとことを告げるたび、村越は淳之介ににじり寄ってくる。やがて白刃が抜かれ、一瞬だけ下段に刃先をおろす。淳之介が瞬きしているうちに、敵は青眼に構えていた。口元が緩んでいる。淳之介を凡手とみて、抜刀で仕留めるまでもなしと覚ったようだ。その佇まいは巨漢でありながら、肉を削がれた一本の線に見える。

淳之介はお楽を天水桶の裏に押しこみ、景光の柄に手をかけた。震えが足先から脳天までせりあがる。手の平が火傷を負ったように熱い。未だ抜かれない太刀は歯の奥のようにがちがちと鳴っていた。

一閃、淳之介の前に光が堕ちた。村越がするどい打突を繰りだす。

淳之介は体を沈め、その脇を辛くもすり抜けた。まだ手が震えている。振り向くと、村越は体勢を崩すことなく腕を振りあげた。その刃がうなりをあげ淳之介の頬をかすめる。刃の音が重い。

「腰抜けめ。刀を抜けぬ武士などこの世に必要ないわ」

「その刀でおまえたちは罪のない者を恐怖に陥れている。それは士道といえるのか。村越、おまえは国許で何を学んだのだ！」

「われらは身分が卑しく、国威を輝かすことはできぬ。であれば、この神聖なる天子様の領地を汚す夷狄どもを一掃することがわれらの使命。侍として、命を賭してもせねばならぬことよ！」

村越の繰りだす逆胴打ちに淳之介はのけぞり、濡れた草履に足をとられて膝をつく。衿が引き裂かれた。無様に倒れた淳之介を見くだす村越は、充血させた瞳を細め刀を振りあげた。

淳之介は迫る村越の腹を蹴り、勢い鞘ぐるみ太刀を外して、鐺で敵の首を突いた。骨を砕いた感覚に自分で驚き、弾みで手から離れた太刀が小間物屋の軒下に滑っていく。こちらをながめていた店主が悲鳴をあげた。

村越は涎を垂らしながら、額を地に擦りうめきつづけている。そのすきに淳之介は間合いをとり、小太刀に手を掛けた。村越の焼けたうなじが無防備で、ここを断ち切れとばかりに晒されている。淳之介は吐き気をおさえながら、手の平に噴出した汗を拭いたい衝動に駆られていた。ここで手を緩めては、手負いの村越にやられてしまう。

しばらく対峙していると、表通りが騒がしくなりだした。騒動を聞きつけた正吉たちが、こちらに殺到してくるのが見える。

「もう逃げられんぞ！」

淳之介が叫ぶと、村越は立ちあがるなり不意に笑った。天水桶の脇で震えているお楽に目をやり、青い唇を上下させたが、喉をつぶされ声にはならず、かわりにひゅうひゅうと荒い息だけが漏れ聞こえてくる。

「いかん！」

走り寄ったが、村越が口に手をあてるのが一瞬早かった。のどぼとけが大きく動き、村越は泡と血を吹きながら倒れていった。

村越の口の奥に指をいれて毒を吐かせる。しかし、そこから出たのは水仙の香りだけだ。

「主人、水を！」

小間物屋の主人に叫んだが、それより早く捕吏たちが駆けつけた。村越から淳之介を引きはがし、身動きしない村越をしたたかに殴りつける。

もう死んでいる。淳之介は目をとじ、深く息をはいた。


「小歌という女郎がすべて吐いた」

薄い茶を飲みながら青柳が告げたのは、六日前の捕物の顚末（てんまつ）である。

村越が毒死したあと、花天の小歌が店を逃げだした。しかし網を張っていた青柳らにとり押さえられ、村越と酒を呑んでいたふたりの浪士も、時を経ず捕縛されたという。

小歌は村越に惚れ抜いており、東禅寺襲撃では男たちを品川へ逃がす手配もしていた。厳しい裁きになるだろうとのことだった。

「小歌は生家が生薬屋をしておったことから、多少薬の知識があった」

水仙の根で毒を作り、それを浪士たちに持たせていた。これだけでも死罪はまぬがれないだろう。

「ジョーイ、ジョーイと覚えたての言葉を口にしたがるガキかってんだ。そんな連中が江戸の町を好き勝手にしやがって。かたっぱしから牢にたたきこんでやる」

「……して、文（ふみ）とは？」

青柳は渋面のまま一通の文を取り出した。淳之介のしでかした勝手なふるまいで、青柳は上役の与力からかなり説教を受けたようだ。しばらく顔を見せなかったが、文が届いたのでしかたないとばかりに、三百坂にやってきたのである。

「茅野淳之介という役人あてに。そんな奴はおらんゆえ捨てようと思ったが、それも後味がよくない」

差出人は「らく」とある。

手紙には、あの騒動で助けてもらったこと、在所までの旅銀を都合してもらったことの礼が記されていた。

「結果としてお楽は関わりがなかったが、茅野のしたことは奉行所でかなり問題になった。しばらく仕事は回せねえからな。これを機に学問所に精を出すことだ。引き札でもつくって弟子をあつめろ」

いつも勝手に話をもちこんでくるのは青柳だというのに。まるですべて淳之介の責任のように文句を並べたてるが、きっとすぐに忘れてまた厄介な下っ端仕事を持ちかけてくるだろう。

「やはりおれには立ち回りは向いていない。あやうく震えて粗相するところだった」

「情けない。こんど道場へ顔を出せ。うちのちびどもと一緒に鍛えてやる」

かつて青柳と通っていた有馬道場には、まだ淳之介の札が掛かっているそうだが、席次は末端に追いやられている。八歳になる青柳家の長男鉄太郎(てつたろう)に抜かれる日も近かろうと、さりげなく息子自慢をされた。

「しかし、あの喉への一刀は見事だったと、小間物屋の主が感心しておった。村越が毒を飲まずとも、いずれは命を落としていただろう。茅野、そんなに情けない顔するんじゃねえよ」

あのときはお楽を守るだけで手いっぱいだった。村越の狂気に近い叫びを物的に封じてしまった。

村越の口から香っていた水仙の匂いは、いまも淳之介の鼻の奥にとどまっている。同時に、お楽が気を楽にするために吸っていた水仙の精油のさわやかな香りも。どちらも同じ花なのに、なぜこうも道をたがえたのか。

村越と淳之介の分かれ道までもどり、論ずることが必要だったのに。

「おかしなことに、おれは村越という男に一片の恨みもなかった。なのに、なぜ命を奪いあうことになったのか」

真剣を交えておきながら甘ったれたことを言うな、と青柳がため息をついた。

「おまえの無茶は目を瞑(つむ)るとして、とりあえずはよかったではないか」

「なにがだ」

青柳は淳之介の手の中にある文に目を落とし、ようやく口元を緩めた。

「ひとりの赤子は無事だった。それに勝る勲功はなかろうて」

土の香りをふくんでいた風は、長雨のあと緑の葉が見えるほどの匂いをつつみ、茅野の屋敷を吹き抜けていく。母屋に掲げられた風鈴が、夏の姿を色濃く響かせていた。

鶉居堂はあいも変わらずがらんどうで、淳之介のため息だけが部屋に充ちている。

もう潮時だろうか。いつまでもお市ばかりに苦労をかけるわけにいかない。

小普請の身を幸いとして私塾を開いたが、学を競う塾や外国の言語を学ぶ塾の勢いには勝ち目がない。

いや、それは言い訳だ。淳之介は、自分自身に失望していた。

分かりあえないからこそ議論を尽くす。拒絶は争いの種になることを知っていたのに、淳之介は村越と向かい合ったとき、恐ろしさから彼を受け入れることを拒んでしまった。

　書見台に置かれた本をめくると、ふいに川のそばで釣りをしていた大男の声が聞こえた気がした。

　視て、観極め、察する。

　ひとつでも欠ければ、お前は迷うだろう。だが、ひとつずつ戻っていけばよい。

　――まさかな。

『論語』を閉じて板間に寝転がる。天井に雨漏りでできたシミがみえた。夢で見た鮎に似ている。あれがもっと大きくなるまでに、自分はなぜ学問を志すのか、その片鱗でもつかむことができるだろうか。

　人の気配を感じた。

　起きあがって縁に出ると、裏木戸の前に色黒の小僧が立っている。

　庭掃除をしていた源次が近づいて追いかえそうとしたが、小僧はそれをふりはらい淳之介の足元に駆けよってきた。

「またおまえかい」

　あれから庭には水仙が増える一方だ。冬になったらここは水仙屋敷になるだろう。

「うちは本を読める者でなければ、教えることはできんのだ」

「いろははわかる。長屋に住む浪人さんから教わった。だけど、漢字がとんとわからねえ」

「いずれ植木職人になるなら小難しい読み書きは必要ないであろう」

　小僧は首を振った。

「頭がよくねえと、奉公させてもらえねえ。親方に使い物にならねえって思われたら、すぐに暇（いとま）

を取らされる」

「たしかに読み書き出来るに越したことはないが、それはちと大げさであろう」

「わかってねえよ、先生！」

小僧は鼻をすすりながら淳之介に食ってかかった。

「先生はお武家だからひもじいことないだろ。頭いいから馬鹿にされることもねえだろ。芋の根っこで腹いっぱいにしても、すぐに腹が鳴るの知らねえだろ。おっとうは人に金借りてもよ、いくら返すかなんて勘定できねえから損ばっかりだ。くだらねえよ！」

苛立たしげに細い足で土を蹴る。

「こんな草いくら生やしても、腹いっぱいにならねえ。でもよ、たくさん字が読めりゃあ、きっと今よりいい暮らしして、家族みんなが腹いっぱい食っていける」

小僧は一茎の植物を握る手を淳之介に向けてかざした。

「字なんてすぐに読んでやるさ。ものを覚えるのは得意なんだ。それでもダメだっていうなら、ちょちょいと紙に漢字書いておくれよ。そうすりゃあ利口になれるだろ」

獣のようにかみつく小僧が、とたんに不憫に思えた。

淳之介は濡縁をおり、小僧の前に膝を折った。その小さな手に握られていたのは、庭に植えているものと同じ水仙だ。すでに葉は枯れかけていた。

水仙は、花が枯れたあとも葉だけを残して植えておく。そうしなければ球根がふくふくと育たないと、お市から聞かされたことがあった。

まだ球根のままの水仙を前にすると、咲くか咲かぬかの杞憂より先に、むせかえるほど甘酸っぱい香りを予感させ鼻の奥がうずく。それは淳之介が水仙の姿かたちを知っているからにほかならない。

美しい花が咲けばやがて枯れ、緑の葉がお天道さまのもとで球根を太らせる。そして球根は、小僧の手で分けられて、別の家の土に根をおろす。葉が黄色く朽ちれば、若い茎が伸び新しい年にまた花を咲かせ、ぐるりと巡って元に戻る。

――もしかしたら、学問を教えるということも、まわり回って、おれ自身が教えられているということなのだろうか。

淳之介が学ぶことから逃げればそこで循環は終わり、迷いも喜びも元の形を失い腐っていく。おのれの為といいながら、結局人と関わるようにできている。村越のような男が生まれたのは、生き物の輪のようなものから外れてしまったからなのか。それとも新しい輪を見つけてしまったからなのか。

――くどくど考えても、答えなど見つからん。もう一度戻ってやり直すか。

異見を知り、人と関わり、寛容になることで、きっと学問の先が見つかるはずだ。

淳之介は小僧から水仙を受けとり、見様見真似で土に植えた。教場に戻り、建付けの悪い雨戸をいっぱいにひらく。風とともに、甘い乳のような種の匂いが道場に充ちはじめた。

「おいで」

「え?」

「学問は時間を惜しまねば身につかぬ」

形だけの暗記は誰でもできる。それをまっとうに使えるようにならねば意味がない。

「明日から家の手伝いが終わったらうちへおいで。それからもう花は持ってこなくてよい」

「だけどそれじゃあ……」

「謝儀の代わりに、庭掃除を手伝ってくれたら助かるな」

小僧は頬を赤らめうなずくと、光を湛(たた)えた小さな目をいっぱいにひらき、日が差しこむ鶏居堂へ足をふみ入れた。

萩の小道

一

銀杏の木を見あげながら、茅野淳之介は浅草寺の仁王門を過ぎた。青々と茂っていた葉は、いつの間にか柔らかな日の色に変わっている。

さらに季節が進めば、仁王門の近くにある銀杏の木が落葉するが、香りはまだ浅い。建久年間、寺に参拝した源頼朝によって投げられた銀杏の箸が挿枝になり根がついたと伝わる老樹である。暮れどきまでここに居座り、葉脈越しに月を愛でたいが、暮六ツ（午後六時頃）には仁王門や随身門は閉じてしまう。ちかごろは無頼を気取る素浪人が騒ぎを起こすので、番屋の見廻りも厳しいと聞く。月見に無用な詮議を受けるなど野暮というものだ。

今夜は栗名月である。

満月に少し足りない月が浮かぶ十三夜。完全ではない月はどこか不安な光を放つ。

――さて、こちらの不安はどうしたものか……。

すこし前から、視界のすみに奇妙な影が揺らいでいた。足を緩めれば影は止まり、速めれば人ごみに紛れて間を縮めようとする。

南町奉行所定町廻り同心の青柳梅太郎から、勘の働かない木偶の坊と揶揄される淳之介だ。それでも察しがつくほどあからさまな追尾は、相手が淳之介以上に目も当てられないぼんくらなのか、あえて牽制を加えんとにらみをきかせているのか。

讖緯説によると今年は政変が起こると予期され、それを忌避するため文久へと改元された。それが功を奏したのか、東禅寺でイギリス公使らが攘夷浪士たちに襲撃された凶事のほかに、大きな事件はほとんど起こっていない。できたらこのまま凪のような日々を過ごしたいと願う。

握りしめた枝豆がくたりとしなびてきたので、淳之介はいそぎ足で寺領地を過ぎた。

枝豆は、捥いですぐ茹でねば味が落ちる。お市から使いも満足にできないのかと嫌味を言われるのは耐えがたいが、追尾者が淳之介だけに危害を与える者か、それとも残忍な手の者か、らちが明かぬうちは安易に家を知られたくない。

枝豆をぶらさげながら、浅草寺前の広小路を大川に向かって歩を進め、吾妻橋の袂に差しかかった。左へ行けば山谷堀へ続く道が二本並んで延びている。淳之介は川べりに並ぶ静かな長屋を避けるため、浅草寺寄りの大通りを歩いていった。

しばらくして、「おや、茅野先生」と背後から名を呼ばれた。一梃の駕籠が止まり、駕籠かきが筵をあげる。中から見覚えのある商人が顔を見せた。

神田の青物市場にほど近い多町で茶商を営む、茶問屋緑香堂の主人松三郎である。齢は淳之介とおなじ二十七だというが、若くして身代を任されているせいか四十がらみと言われてもおかしくない風格がある。品の良い呉服は極上であろう。香を焚いているのか、松三郎が身動きするたびに甘い香りが鼻先をかすめる。

「緑松か。これから登楼かい」

「先月の月見で仕舞をつけましたんでね。片月見にならぬよう今宵も花魁と月見でございますよ」

「大店の商人はこの時世でも羽振りがよいのお」

「いえいえ、このところの物価の高さには目が回ります」

松三郎は大仰に首を振る。

松三郎はひとかどの商人だが、ひと月前、淳之介がひらく私塾「鶉居堂」の門をたたいてきた。きっかけは梅雨のころ、室町の書肆で淳之介が勤番侍を説きふせるのを目にしたからだという。

――あのとき、私は茅野さまに惚れましてね。

などと揉み手をして鶉居堂にやってきた松三郎を、新手の押し売りかといぶかしんだ淳之介だったが、この男がなかなか世に通じていて、話していると面白い。商人としての目利きは、武士のそれとはたどる先が違うのか新鮮である。

「先生もこれから北里へ？」

「そんな金あるものかい。ちょいと考え事をしていたら道を間違えたのさ」

淳之介はちらと背後に目を走らせる。手にした枝豆がさらに手の汗でしおれてきた。

「いかん、早く帰らねば母上に髷をちょん切られる」

「おや、三度目でございますかい」

吉原の客は、敵娼を差し置いて別の女郎と馴染みになることは禁忌とされる。二度目までは許されるが、三度目には女郎が客の髷をちょん切る私刑を加えられるのだ。

「昨日は畳に煙草の灰を落として焦がし、おとといは縁の下に居着いた老犬を追い出さず、夕餉の目刺しを取って食われてしまった」

淳之介が頭をさやさやと撫でると、松三郎も身を震わせた。まだひと月ほどのつきあいだが、人の性分を見る才に長けるこの男は、お市が茅野家の真の主だと見ぬいている。

駕籠が山谷堀に去っていくと、淳之介はきびすを返し帰路を急ぐことにした。すでに影は消えている。

河岸で積み荷を揚げている人足たちが、威勢のいい声をあげている。その様子をながめながら橋に差しかかると、前方からやってきた棒手振りに、「のんびり歩いてんじゃねえ！」と罵声をあびせられた。

苦笑いをして道を譲る。すると背後から足早に通り過ぎた初老の武家から「情けない」とにらまれ、淳之介は頭をかいた。


「おかえりなさい、茅野先生」

玄関を入ると、三和土の掃き掃除をしている喜七が顔をあげ、じろと淳之介をにらみつけた。

喜七は次の春で十歳になる門下生だ。めったに笑わない大人びた子で、年明けには植木問屋へ奉公することが決まっている。それまでの間、淳之介のもとで読み書きを習うことになったのだが、茅野家での時間の大半を、お市や源次の手伝いで過ごしていた。

謝儀の代わりに庭の掃除をしてほしいと頼んだのは淳之介だが、お市からしたら、都合よい小僧が目の前をうろちょろしているわとばかりに、あれこれ用を言いつけているようだ。

「おまえは下男ではないのだから、家の中まで掃除しなくてもよいのだぞ」

「でも、お市さまに昼餉をもらっちまったから」

「義理堅いのお」

淳之介が枝豆を渡すと、喜七は嬉しそうに笑みを浮かべた。食べ物を前にするとたんに子の顔に戻る。ふた親は植木屋や仕立屋から内職をもらい生活をたてているらしいが、なにをしても貧しく満足な昼餉は口にできない。それをみこして、お市が喜七に用を申しつけ、その駄賃として山盛りの白飯を食わせているようだ。帰るときは米を炊きすぎたと、家族の分の握り飯を持たせている。

「母上の用が済んだら離れにおいで」

鶉居堂のある離れの教場は、梅雨の終わりまで、ほこりだけが舞う部屋だった。

いまでは三人もの門人をむかえ、わずかだが束脩も入り塾長としての面目がたっている。ただ、喜七以外のふたりは気の向いたときだけやってくるので、以前同様のんびりと本を読んで過ごす時間も多かった。

「先生、先生！　ほら見ておくれ」

経机に向かっていた喜七が、半紙をかかげてみせた。「母」と書いたようだが、中の点が縦一続きになっているし、形も不格好だ。それを指摘してやると、喜七は唇をとがらせ、自分の書いた文字を見て首をかしげた。

「だけどよお、これでも読めるじゃないか。点々なんか面倒だ。つなげていいじゃねえかよ」

「面倒くさがるんじゃない。字にはしっかりとした成り立ちがある」

淳之介は喜七のうしろに立ち、小さな浅黒い手に自分のそれをかぶせた。ゆっくりと文字を書いていくと、たまに反発するようにおかしな方へ筆を動かそうとする。喜七は読み書きの勘がよくない。利発で口は達者だが、それを文字にすることが苦手で、筆を持てるようになるまで、半月近くかかってしまった。

「おっかさんを思いながら、丁寧に筆を運ぶのだ……喜七、聞いておるか？」

話が長くなるとたんに眠くなるらしく、喜七は半紙の上にうつぶして寝てしまった。朝早くから妹弟の世話をし、親の内職を手伝い、近所の溝さらいで小遣いをもらって鶉居堂にやってくる。たまに妹弟ふたりも連れてくることがあり、そんな時はお市がまとめて世話をするのだが、これがまた厄介だった。小さな子を相手にしているうちに「まことの孫を見られるのは、いつになることでしょうか」と嫌みを言いだすのだ。

お市は台所で漬物をつけており、源次は使いで不在だ。母屋はしんと静まりかえっている。

ゆっくりと空が高くなりはじめ、風も雲も静かに流れていた。風鈴の代わりに赤紫の萩の花がさやさやと音を立てる。満開の萩の花が柔らかな香りを運び、今夜の月見にかわいらしい色を添えてくれそうだ。

淳之介もあくびをひとつ落として本をとじたとき、三百坂の静寂を踏みにじるように「先生、先生！」と喧しい声が聞こえた。

裏木戸から草履を引きずるように粗野な足取りで歩いてくるのは、三人目の門人、横倉金吾だ。四角い顔に乗った月代は伸びきり、薄汚れた袴の裾はちぎれていた。いつも土を蹴りつけながら大股で庭を横切るから、植木の影すら景色になるよう手入れをしているお市が顔をしかめる。

「先生、近く起こる大事をご存じか！」

「栗名月であろう」

「なにをとぼけたことを！」

のどが渇いているのか、庭の水桶から柄杓を手にとり飲みはじめた。ひと息ついた横倉は濡れ縁からひょいと教場に駆けあがり、淳之介の前にどかりと座った。

「御上の妹御であられる和宮さまが降嫁なされる」

「ああ、そのようなことを青柳から耳にしたのう」

先に桜田門外で凶事に遭った大老井伊直弼が、安政の大獄や将軍継嗣問題で悪化した朝幕関係を修復するために画策した政略結婚である。井伊亡きあと、遺志を継いだ老中の安藤信行と久世広周により、このたびの降嫁が実現されたのだった。

そのような国の大事にあっても、小普請の茅野家には縁遠い話である。江戸城周辺の警備で槍持ちくらいには駆りだされるだろう。ただ、月三度ある逢対日は怠けがちで、小普請組支配の権家には月代の青さすら覚えられていない。警備の頭数に入っていないのはじゅうぶん考えられる。

「大権現さまの世より、われら御徒士は常に天子さまのもと恭順を誓う従兵だ。いまこそこの身をささげずして、いつ命を終えることができようか」

そう言うなり、横倉は立ちあがって壁にかかっている木刀を手に素振りをはじめた。居ても立ってても居られないが、なにをしたらよいのかわからない。常に世情に右往左往して、最後には酒を呑んですべてを忘れ、翌朝になると攘夷だ尊王だとさけびながら鶉居堂にやって来る。それがこの横倉という男で、厄介きわまりなく扱いに困る門下生だった。

「御家人くずれがよくいうなあ、横倉のおっちゃん」

いつの間にか、喜七が墨で汚れた顔をあげていた。

「なんだと？　おまえこそ日傭取りの子のくせに学問など必要なかろう」

木刀が宙で止まり、剣先が喜七の鼻先に向けられた。このふたり、齢は二十も離れているのに、顔をあわせれば近所の子どもが饅頭を取りあうように喧嘩をする。

御家人くずれとは、町人たちが御家人株を売った侍に向けて言う侮蔑の呼び名だ。

横倉家は、八俵一人扶持の評定所使の者という、御家人では最下の禄をいただく家だった。長男だった横倉はその職を卑賤だと嫌い家を出奔。糊口をしのぐため、方々の主家に仕えたが長つづきすることはなかった。やがて父が病死し家督を継いだものの、やはり自らの家格は恥であると御家人株を売り、積み重なった賭場の借金返済に使ってしまった。それから十年あまり、賭場や女郎屋で用心棒のようなことをしながら生活をたてている。

だが、この男は御家人ではなくなったとたん、武家の血を尊ぶようになったらしい。いずれは抱席でもいいから御家人の株を買い戻したいという。

学問を修めたいと願ったのも、武家の見栄のためだった。

「近年、競うように学問をおさめ、知をひけらかす町人どもが増えた。侍として彼奴らを論破する必要がある」

威勢のいいことを言うが、彼が学びの場に鶉居堂を選んだ決め手は、門人がおらず無用に恥をかかないと見越してのことだとすぐに分かった。

お市はなぜそのような男を弟子にするのかといぶかしんだが、学びたいと願う者を追い返すのは本意ではない。

「横倉どの。何度も申すが、この鶉居堂に一歩入れば齢も学歴も門地も取りはらう。貴殿は武士である前に、喜七と同じ学問を志す人であることを重々承知していただきたい」

これは「三奪法」といい、五十年ほど前、豊後国の儒学者、広瀬淡窓が説いた法である。学問をすることに身分はなく、横一線で競い学ぶ。武家社会にあっては特異な学問の方法だが、対等な立場で討論するために、淳之介はこの三奪法を鶉居堂で用いていた。

横倉は、身分を剝奪されることに異常な拒絶を見せる。そして同じころ通うようになった商人の松三郎に対しては、喜七以上にさげすんだ態度をとっていた。算盤と帳場をなによりも嫌悪しているのだ。この三人が一堂に会すと学問の場が荒れるのが、目下の悩みである。いがみあうふたりから目をそらし庭を見た。

「これ、源次。なにをしておる」

いつのまにやら戻った源次が、たらいを持って庭を忙しく駆け回っている。

「浅草奥山あたりでボヤがあったようで、念のため水をためております」

午前に浅草寺を歩いたとき、風は吹いていなかった。半鐘はここまで聞こえてこないところをみると、延焼せず鎮火したのだろう。

「あれ、緑松さん」

源次が裏木戸から入ってきた客に頭をさげる。

「いやあ今宵の仕舞は火事でおあずけになりましてなあ。こちらで栗名月を愛でようと参じました。先生、鬠は無事でしたかな?」

松三郎の高らかな声が聞こえ、淳之介は文机の前で目を瞑った。

二

昨夜の十三夜は薄い雲が夜空を覆ったが、いっとき風が強く吹いて雲を散らし、美しい月が姿を見せてくれた。

夕餉を見越して長居をした横倉が、大いに酔っ払い泊まることになったので、お市は朝から機嫌が悪い。ただでさえ扶持が少なく、内職をして家を守るお市にとって、家格を金に換えてしまった横倉は、武士の風上にも置けぬ恥さらしということになる。そんな男に食べさせる米はないとぼやきつつ、朝から源次に目刺しを焼かせていたので、淳之介は頭が上がらない。

さすがに恐縮した様子の横倉だったが、腹がいっぱいになると、戸をあけ放った教場の床で高いびきをかきはじめた。

庭に面した茶の間で浴衣を縫っていたお市が「淳之介さん、淳之介さん」と呼んでいる。淳之介は庭の畑を荒らすモグラの巣穴を石で潰していた。手の土を払いながら、なんでしょうと顔を上げる。

「口はばったいことは申しません。繰り言も申しません。萩の香りは微かです」

「はあ……?」

「源氏物語の中にも、匂宮が目もくれずというくだりがあります。可憐な姿かたちに反しその香りは見向きもされぬものです。ですが、私は萩の匂いが好きなのです。金木犀が強い香りを放つまでの、ほんの一時しか味わえぬのが、萩なのです。それなのに、あの者が来ると臭くて臭くてたまりません!」

萩の花が重く枝を垂らすのを心待ちにしていたお市は、その根元に絡みついていた美しい朝顔を早々と手折ったほどである。一方、横倉は湯屋に行くこともままならないようで、常に垢にまみれた伝法な男だ。

深い息をついたお市から、奉書に包まれた小判を差しだされた。気前がよいと、縁側から手を出すと、お市はそれを淳之介の鼻先まで持ちあげ「雛小判です」と言い放った。

さようですなと小判を摘まむと、あなたは学問のこと以外にはなにも見識がないとなじられた。

「さきほど、横倉さまより三月分の謝儀だといただきましたが、これがなんと雛小判です」

雛小判は万延小判ともよばれる新小判だ。これがなんとも質が悪い。両替にもっていっても、雛小判三枚でようやくこれまでの小判と同等になる。

「これによって物の値が天ほど上がっており、目刺し一匹を買うにも難儀しておるのですよ」

金の価値が下がり、昨日まで一両で手に入ったものが三両かかるようになっている。

「世の常ではありますが」

確かに書肆へ出向いても、淳之介の小遣いでは手が出なくなっていた。

「すべて異人のせいでございますよ」

お市の怒りは収まることがない。

それから数日が経ち、松三郎がやってきた。しばらく塾に通えないので挨拶にきたという。

「商いで横浜町まで参ります。土産にギヤマンでも手に入れてまいりましょう」

「そのようなものを母上が目にしたら、緑松の前で真っ二つにしてしまうわ」

「おや、なんぞまた厄介ごとですか」

淳之介は手土産の羽二重餅をお手塩にのせ、お市が物の値が上がって憤慨していると告げた。そもそもなぜ金の質が落ちたのか。この国の質まで落ちているのだろうか。松三郎はおやおやと目を細めた。

「学問には敏い先生ですのに、案外世のことには疎うございますなあ」

「同じことを母上にも言われた」

松三郎は餅をふたつにちぎり、さらにそれを等分にして四つに分けた。

「このひとつが一分銀だといたしましょう。四つで一両となります。これが私どもの金の価値というものでした」

しかし、と松三郎は一つの餅を串にさしてみせた。

「これは本当の羽二重餅ではない。見よ、黄な粉が少ないではないか」

そういって口に運び、咀嚼して飲みこんだ。

「私はいま、アメリカ人です。これまで一分銀だと申していたものが、目方を量ると我らの国の一ドル銀より軽いではないか。一ドル銀を一分銀と同等とするわけにはいかん。であれば一ドル銀は三分銀と同等とする。そしてこれまで通り、一両金はアメリカに渡れば四ドル銀となります」

淳之介は空で算盤をはじいた。なるほど、と手をたたく。アメリカの者が四ドルもって日本に渡り、それを十二分銀に換え、さらに両替で三両に。そして本国へ戻るとそれが十二ドルとなる。

「なんと、三倍にも膨れあがる。振れば金が湧く小槌のようだ」

当然金が多く流出することになった。そこで御公儀が打ちだしたのが、雛小判である。これによって金の質が悪くなり流出は鈍くなったが、物の値が驚くほど跳ねあがることになってしまった。

残った三つの欠片を平らげた松三郎は、空になったお手塩をそっと持ちあげた。

「いまの日本は、根こそぎ食い尽くされようとしております」

「だから攘夷などと叫ぶ輩があとを絶たんのだ」

「外国人を追いはらったところで、堰を切った水は止まりません。そうなれば新たな流れを作り、濁流に巻きこまれぬよう知恵を絞らなければ」

淳之介は、まだ丸々残っている自分の羽二重餅を手づかみで口に運んだ。黄な粉は少な目だが美味い。

「なんとも、おかしなものよのお。これまでこれが一分じゃと言われていたのを、私たちは疑うことなどなかった。黄な粉が多かろうが少なかろうが、これが羽二重餅ですと言われ、美味い美味いとほおばって満足しておった」

弾力のある餅は喉の奥で引っかかり胃の腑に落ちていく。

「どこぞの誰かが、そりゃあ本当の羽二重餅じゃありませんよと言いだしたからといって、美味いのは変わらんのになあ」

淳之介が首をかしげると、松三郎が思わせぶりに笑った。

「先生はやはり生まれついてのお武家さまですな。目方で物事を見るのは商人の才ですが、本質で見るのは侍の気質でございますゆえ」


松三郎が江戸へ戻ってきたのは、そのわずか五日後の午後である。ほとんど汚れのない旅装束のまま鶉居堂にやってきた松三郎は、出がけとは正反対の消沈した顔をぶらさげていた。

教場で横倉が荻生徂徠の『弁道』を読んでいるので、母屋の座敷に松三郎を通した。ぬるい白湯をだすと美味そうに飲み干し、深く息をはいた。

「横浜町でアメリカの海軍を相手に商いをしておりまして、ちかぢか店を江戸からあちらへ移すための支度にまいっておりました」

「なんと。異人も茶を好むのか」

「もちろんでございます。扱っているのは茶だけではなく、食の大半ですな」

ほかにも石炭・薪などを、海軍が雇ったあちらの商会を通し売り渡すのだという。

「横浜の運上所（税関）の近場に、自前の蔵をもつまでになりました」

かつて横浜は黒船が来るまでは、戸数百にも満たない閑散とした漁村だった。開港を迫った諸外国は、東海道の宿場町のひとつで、眺望に長けた神奈川の地を要求したが、幕府はそれを良しとしなかった。神奈川は江戸に近い要所である。人の往来は絶えることがない。攘夷過激派が外国人と遭遇することを未然に防ぐことは不可能だ。ならば外国人をもっと街道からはずれた横浜に押しこめようという魂胆であった。

この決定に外国の特使らが反発したが、幕府は地税を免除する約定をかかげて商人たちを横浜に移住させ、開港からたった二年で外国人居留地を作りあげたのだ。そこには大きな商機がある。しかし、と松三郎は眉をひそめた。

「ここ数か月、アメリカ船の入港が減りましてな。これまで頻繁に立ち寄っていた捕鯨船など皆無です」

「蒸気船をもってしても、この国は遠すぎるのではないか」

「いえ、戦(いくさ)でございますよ」

アメリカでは現在大きな内戦が起こり国が二分している。国の中に憂いが生じ、外洋に目を向ける余力がなくなったのだ。

それでもほかの国々は日本にやってくる。すぐにでも新しい販路を開こうと松三郎が町に入ると、江戸で磨きあげた商魂を砕くほどに、町は閑散としていたのだった。

皇女和宮降嫁の勅許が下り、浪士たちがあちらこちらで天誅(てんちゅう)と称して外国人や開国派の儒学者、商人を襲撃していた。

「手蔓(てづる)だった商人の多くは、長崎へと居を移しておりました」

松三郎はため息をついた。

「なんとも商人というのはさもしいものよ」

しわがれた声がして庭に目をやると、木刀を手にした横倉が松三郎をにらみつけていた。本に飽き体を動かそうと庭へ出て、淳之介たちの会話を聞きつけたようだ。

「異人の腹を満たすために銭をかき集める。外聞の悪さを、国の利になるとうそぶくのが商人の常であるのお」

横倉はのっしりと縁にあがりこむと、胡坐(あぐら)をかいて淳之介をにらみつけた。

「先生は武士であろう。町人などに教えを請うなど豪胆に欠けるというものですぞ。腹が減ったからといって雀の子のように嘴(くちばし)を開けて食べ物を求めることは士道に反すること。そもそも、腹が減ったと感じることこそが恥なのだ！」

「横倉どの！」

淳之介がとがめると、黙って聞いていた松三郎がすっと手をかかげた。

「かまいません、先生」

横倉が松三郎に喧嘩を売り、それをのらりくらりとはぐらかすのが常だが、今日の松三郎は引き下がらなかった。

「武家の方々が白飯を食えているのは、われら商人が金を工面しているからです」

「であれば銭勘定だけしておればよい。なぜ商人に不要の学問など修めようとするのか」

「学ぶことも銭になります」

張りのある声で松三郎は言った。

「横倉さまのおっしゃる通り、私は長らく銭勘定だけをしてまいりました。それゆえ信心がなく迷ったときの心頼みがありません。そんなとき清国より参った商人から『論語』を読めと勧められました。学べば正しく富を得ることができる、と」

これは先生の教えには反しますかな、と松三郎は淳之介に頭をさげた。

「横倉さまも同じように心の支えを求めて、ここに参ったのではありませんか？」

「なにを申す！　わしに迷いなどござらん！」

「やあやあ、双方熱くなりすぎだ」

淳之介は大人げなくつかみ合いをしそうな気配にため息をついた。

徳川の世で恩恵を受ける武家は、その刀で城と民を護り、商人は銭で国を富ます。個のしがらみはあれど、たがいが歯車となりこの世は成り立ってきた。

だが、今の日本は異国との商いで回り始めようとしている。横倉にしてみたら、侍がなおざりにされていると感じるのかもしれない。

「横倉どのは武士、緑松は商人。たがいに立場は違うが、私の前ではその縁を断ち切っていただきたい。そうでなければここで学ぶ意味はない」

横倉は口をもごもごさせ教場に戻っていった。松三郎も背を伸ばして天井をにらみつけている。

台所から香ばしい芋の焼ける匂いがしてきた。淳之介の腹が鳴る。松三郎の腹の虫も。腹が減るのが恥だという横倉だって、いまごろ腹をおさえているに違いない。

喜七が「昼餉だよお」と元気な声をあげている。

三

外神田の心形刀流有馬道場の道場主、有馬左衛門之丞は、米沢藩の道場で印可を受けた老剣士だが、近ごろは齢に勝てず床に臥せることが多くなった。そこで師範代をつとめる南町奉行所同心の青柳梅太郎が、仕事の合間に門人の稽古をつけている。

剣術道場近くの神社での奉納演武に招かれたのは、十月も半分が過ぎたころだった。

奉納演武のあと、青柳の家で一献傾けるから夕餉はいらぬとお市に告げたところ、おり悪く顔を見せた横倉に聞かれてしまった。

「わしも同行いたそう。青柳どのとは決着をつけねばならん」

以前鶉居堂に青柳が訪ねてきたとき、「八丁堀の青鬼」の武勇を耳にした横倉が立ちあいを申し出たことがあった。ところが終始青柳に凌がれつづけ、満足に剣を交えることができなかった。最後は横倉の息があがり足が絡まって勝負がついたのである。横倉は逃げられたと根に持ち、ようやく遺恨を晴らす機会がきたと発奮していた。

岡っ引きの正吉から、「お弟子さんもご一緒にどうぞ」と言付けられていた。源次と横倉を伴い門を出ると、路の溝さらいをしている喜七が駆けてきた。今日の手習いはないと告げると、あからさまに不貞腐れた顔を向ける。

「なんだよお、うちでたっくさん書いてきたから見てもらいたかったのに。おっかあが上手だってほめてくれたんだ」

泥だらけの手で懐を探ろうとするので、あした見てやるからと留守を頼んだ。

神社へ赴く前に、すこし遠回りして多町の緑香堂へ足をのばす。この夏、青柳の妻、由見が暑気疲れで寝こんだと耳にしていた。見舞いを兼ねて、焙烙で炒ってすっきりと飲める香の立つものがいいと、帳場に座る松三郎に注文した。

ている。

そう言って奥から茶を持ってきたかと思うと、なぜか松三郎はしっかりと上田紬の羽織をかけている。

「ならば浅めに炒った茎がよろしいでしょう」

「おぬしも参るのか」

「一度、『八丁堀の青鬼』とさしで話がしてみたかったのですよ」

青柳はその風貌ゆえ、老輩の上役から「掃部頭殿（井伊直弼）の若いころによう似た面容だ」とことあるごとに言われ、「赤鬼」といわれた井伊の渾名をもじって「八丁堀の青鬼」と呼ばれている。

神社の敷地内で行われた奉納では、体が弱っているはずの左衛門之丞が見事な演武を披露し、青柳相手の立ちあいでも鮮やかな二刀の技を見せつけた。剣豪として名をはせる青柳が、師匠に気圧され額に脂汗をにじませる。名が示す通り、心形刀流は剣の形だけではなく心のありようも鍛錬するのだ。

道場へ移ると、新しく入門する子弟らを集め、師範代が神文誓詞を読み聞かせた。他流派を敬うこと、むやみな争いはしないことなどが青柳の口から告げられると、まだ十歳に満たぬ子らが唇をきっと引き締めた。道場のすみで見守る淳之介は、二十年前の自分や青柳が、ここで同じように誓いを立てたころを思い返していた。できの悪い弟子ゆえに免状はもらえずじまいだが、誓詞の文言は今もそらんじることができる。

ふと微かな香りが鼻をついた。萩かなと道場の外に視線をやると、中庭の満天星の影に黒い膝をむき出しにした喜七が忍んでいるのが見える。ここに至るまでの道中に人の気配を感じていたが、喜七がこっそりあとをつけてきたらしい。子どもの足ではかなりの距離である。迷子になららず良かったと安堵し、隣に座る松三郎に席を外すと小声で断りをいれて座を退った。

打ち水で濡れた飛び石を渡ると、表で控えていた源次が喜七の首根っこを摑みあげていた。

「これ、喜七。無断で忍びこむとは無作法な」

「おいらだけ除け者にするなんてしゃくじゃないか」

そう言った喜七の意識は、道場の子供剣士たちに向けられている。青柳と横倉が鶉居堂で立ちあったときも、庭の掃き掃除の手を止め食い入るように見つめていた。庭のすみっこで箒を竹刀にして振り回し、お市に叱られているのをなんどか見かけている。

「剣術に興味があるのか？」

「……横倉のおっちゃんが、これからの世は剣と義の力が敵を追いはらうって言っていたからさ」

「敵というのは誰のことだい」

「異人にきまってんだろ。あいつらは江戸を火の海にして、女たちを連れていっちまうんだって。その女たちの子は敵の血が流れているから皆殺しにされる」

なにを馬鹿なことをと、喜七の額を指で小突いてやる。

「喜七は植木職人になるのだろう」

「鋏じゃあ、敵は殺せねえ」

喜七は目を見ひらき、洟をずっと啜った。道場では稽古が終わり、子どもたちが上気した顔で老師範と青柳に立礼をしている。喜七と変わらぬ齢の子が、上手くいかなかった悔しさで涙をこらえているのが見えた。

「鍛錬して得た技は、戦いにおいて耐える力を与えてくれる。だが、真に強き者とは、仁の心を持った者だと私は思うぞ」

「じん？」

「人に備わった徳というかな。喜七の中にも、私の中にもあるものだ」

「むずかしいこたあ、分からねえよ」

「やさしいおっかさんが仁。厳格でまっすぐな親父さんが義。おまえは仁と義の子だから、剣を振るいすぎてもいけないし、気弱になりすぎてもいけない。わかるかい、喜七？」

「おっとうはただの呑兵衛だけどな。でも、おっかあは誰にでも優しい。それが仁ってやつかい？」

「そうだ。だから、喜七は職人になったら絶対に鋏で人を傷つけてはいけないよ。それは木の根元に日の光がよりよく当たるよう、葉を切るものだ」

　喜七は満天星の葉が作る足元の影を見つめた。

「お市さまが教えてくれたよ。とんでもねえあっつい夏は、影が必要だって。そうじゃなきゃ、小さな花は強いお天道さまに焼かれちまうんだって」

　この男の子は、頭ではなく、慎ましい暮らしの中でそれを知っている。そうだよ、と淳之介は喜七の頭に手を置いた。

　その小さな豆粒のような鼻頭を見ていたら、この子はきっと大丈夫だという確信が、淳之介の中に生まれた。いつまでたっても字は上達しないけれど、きっと東国一の植木職人になるに違いない、と。


　門人が帰ってしまうと、道場は森閑として、表から虫の鳴き声だけがきこえてくる。

開け放たれた格子戸からひやりとした風が通りぬけ、酸っぱい汗の臭いがかき消されていく。きのうまで降りつづいていた雨がやみ、午過ぎには地面から白い陽炎が立ち上っていた。

このあと八丁堀の青柳の家へ移ることになっていたが、横倉が羽目板にかかった木刀を手に取り、「青柳どの、ご指南願おう」と声をあげた。

業前の差は明らかだが、横倉は鶉居堂でいいようにあしらわれたままでは、名折れのように感じていたらしい。

「いいのか、先生よ」

青柳が淳之介に言った。淳之介がたしなめたところで、横倉は引きさがらないだろう。しかたなくうなずくと、青柳は木刀を手に道場の中ほどまで進みでた。

青柳は青眼の構えを崩さない。横倉はしきりに足を摺って牽制するが、青柳がわからぬように間合いを測る。ふたりとも偉丈夫だ。しかし、淳之介の目には幼馴染のほうが大きく映っていた。

青柳の剣先が一寸ばかりさがる。その機を狙って横倉が真っ向から斬りかかった。激しい打突が繰りだされ、両人はしばし木刀二本を挟んでにらみあう。いつの間にか横倉の切っ先が、青柳の二の腕に赤い擦り傷をつけていた。

横倉が黄ばんだ歯を見せ笑う。道場を抜ける風を斬り裂く重い音が響き、淳之介は青柳が額を割られるのを想像した。軒の下で喜七が手で顔をおおい肩を縮めている。

木刀を落としたのは横倉だった。青柳は突進してくる横倉の渾身の一手を、瞬きする間に撥ねあげ、そのまま横倉の籠手を打ったのだ。

「このくらいでよかろう。また、お手合わせ願いたい」

青柳は息ひとつ乱さず言い放つと、横倉に背を向けた。淳之介の横で微動だにしなかった松三郎が大きく鼻息を漏らしている。さすが青鬼とつぶやき、慌てて口に手を当てた。

「よい汗をかいた」

うちで一杯傾けようと言いながら座した青柳が、汗をぬぐって大きく息を吐いた。その刹那、横倉が卑怯にも青柳の背後から不意打ちをあびせようとした。立ちあいと同様、重い真っ向打ちである。

「横倉！」

淳之介が腰を浮かせるのと、青柳が気を発したのが同時だった。

青柳は素早く木刀を構えたかと思うと、片膝を床につけたまま右に回転しつつ、居抜きの形で横倉の右脇腹を打ちぬいた。腹を押さえうめきながら転がる横倉に駆けよった淳之介は、骨までやられていないのを確かめる。青柳の抑制のきいた一撃でかろうじて横倉は息ができていた。

「横倉どの。これではなんど手合わせしても、青柳には勝てぬ」

「……」

「いますこし頭を冷やして参られよ」

横倉は這いずるように道場を出て行った。


おいらも門弟だ、と勇んでついてきたわりに、喜七は居心地悪そうに座敷のすみに座っていた。青柳の妻の由見が、泥だらけの喜七に駆け寄り、顔の泥を拭（ぬぐ）っている。

八丁堀の組屋敷など場違いだと、なかなか土間からあがろうとしなかった喜七だったが、「茅野の門弟ならば家族も同然」と、青柳に座敷へ引っ張りあげられたのだ。喜七の家には、源次が知らせに走っている。喜七はすこしくらい遅くなっても探し回るような親ではないと強がったが、こんな遠い町まで来るのは初めてで、不安げな様子で小さくなっていた。

しばらくして、青柳家の兄弟と洒落を絵にした『江戸名所はんじもの』に興じはじめた。長男の鉄太郎は喜七よりひとつ年下だが、喜七に絵解きの読み方を指南している。「あ」の頭をした男が「さ」の字の屁をして、別の男が鼻をつまんでいる。「浅草」というわけだ。

まったく読み書きが上達しない喜七が食い入るように読み、武士の子らと笑い転げている。このような学び方もあるのだと感心していると、由見が鰡の刺身がのった平膳を運んできた。

「あちらも随分とにぎやかなお方ですね、茅野さま」

由見が松三郎に目をやった。青柳と酒を酌みかわしながら、身振り手振りをまじえ、時を止めるフォトグラフやら千里先まで見える望遠鏡の話題で盛りあがっている。

「うちは風変りな門下生が集まるのだ」

「ちかごろは旦那さまのお役目が忙しく、このように賑やかな酒宴もございませんでした。これからも皆さんで足を運んでくださいな」

時を持てあまし気味の淳之介に、ささやかな嫌みである。こんな皮肉が言えるのも、由見が馴染みの友だからだ。

青柳の内儀である由見は、淳之介や青柳が通っていた私塾「斉藤塾」の塾長、斉藤鶉庵の娘だった。女ながらも学問に敏く、書物を貸し借りしあっては、舌鋒やりあったものである。

青柳と由見が一緒になると知ったときは、なんともやるせない心持ちになった。あれから八年たち、ふたりの男の子の母となった由見は、すっかり武家の妻である。淳之介を言い負かすほどの才女だった面影は欠片も残っていない。唯一、笑うとできる片えくぼだけが、在りし日の由見を思いださせた。

由見が風呂敷包みを差しだした。中身は薄紫の半纏である。

「これをお市さまに。寒くなりますので綿入れをこしらえました」

先日由見が寝こんだとき、お市が浴衣を届けた礼らしい。

「由見、茅野が困っておるぞ。おぬしが御母堂に良くすると、早く嫁を貰えとせっつかれるのだそうだ」

こちらをちらちらと窺っていた青柳に言われ、あら、と袂で口をおおった由見は、娘のように目を見ひらき小さく笑うと、子どもたちをつれて奥へさがっていった。

おなごたちが退席すると、松三郎は淳之介と青柳を前にして、改めて語気を強めた。

「あの井伊大老の大獄が悪政だと承知した上で申しますがね。いまさら港をとじることなど理に合わぬことですよ」

商人の立場から、松三郎は外国との関係を断つことはこの国の利を失うことになると言うのだ。

「萩藩（長州）の長井さまの献策を御存じですか？　わが国は門戸を広くひらき、優れた技術を受け入れる時だと論じております。それがおのずと強き武力を整える足掛かりになりましょう」

「口だけではなんとでも言えるだろうよ」

青柳は町方役人であり、おおっぴらに心の内を明かすことはない。しかし松三郎の話術にはまり、ふだんよりも口がよく回る。

「これ以上異人どもが大手を振って江戸に常駐すれば、また過激浪士どもが東禅寺のように襲撃するだろう。あのときはオウルコックが幕閣へ脅しをかけ、英国は事件を口実に、艦隊が横浜に常駐することを認めさせた。このまま好き勝手にされたら、江戸はさらに混乱しちまう」

「いまさら江府のことをとやかく申しているのは、御番所の旦那衆くらいのものです」

「なにを？」

　気色ばむ青柳の面構えは、まさに鬼である。松三郎の体が一瞬のけぞる。この男が「青鬼」と称されるのは、風貌だけでなく青柳梅太郎の気骨に、町人たちが惚れこんでいるからだ。漫然と役目を務めるのではなく、江戸の町を守るために技を磨き心血を注いでいる。城下を守らねばならぬという言葉は嘘ではない。この男なら、太刀一本でも軍艦に立ち向かうに違いないのだ。

「そもそも、和宮さまが降嫁なされるための約定として、御公儀は攘夷を実行すると約束なされた。そのための勅許だったじゃねえか」

「そんなもの、ただの口約束でございますよ。国をとざせば異国の船は大砲でこじあけるだけ。清国のように制圧されてしまっては、国の行く末を憂うことすらかないません」

「おれたちは武士だ。退路を断ち、上様の御威光のもと、彼奴らを打ちはらえばいいじゃねえか」

　松三郎は、静かに首を振った。戦端がひらかれれば確実に負けると言いたげだったが、「商人はいつでも別の道を整えておくものでして」と言葉をにごした。

　青柳は、南町奉行所では若くして定町廻り同心の役目に就き、古株からやっかみも多いと聞く。ことあるごとに、慣例を疎（おろそ）かにするなと叱咤されるらしい。そんな青柳であっても、これまで続いてきた侍の在り方を翻（ひるがえ）すことは難しい。そして淳之介も、松三郎の言うことが真っ当だとわかっていながら、どうにも割り切れないものを感じるのだ。小判だと思っていたら、実は雛小判だった。中身は質の悪い金（きん）だった。侍が守ってきた矜持（きょうじ）は、実のない絵空事だったと言われているようで身につまされるのだ。

「たしかに兵法では、退路は断たず逃げ道を作るべしとある。だがおれはやはり侍だ。逃げることは万死に値する」

　両人の声が大きくなり、奥から由見がそっと心配そうな顔を見せた。

「ふたりともちと呑みすぎだ。由見どの、そろそろ失礼いたす」

　すでにあたりは闇に覆われていた。目を凝らせば、うっすらと爪のような薄い筋が雲間に見え隠れしているが、今夜は新月のように空が暗い。

　腹が膨れ寝入っている喜七を背負った淳之介は、提灯（ちょうちん）をかかげた松三郎のあとを歩いていく。南八丁堀から越中橋を渡り、楓川（もみじがわ）ぞいに日本橋へ向かった。

「いや、少々呑みすぎました」

　松三郎は恥じらうように己の額をポンとたたく。青柳家を辞するとき、松三郎は口が過ぎたと、しきりに青柳に詫びていた。

「緑松、手間をかけてすまぬが、喜七を送り届けるまで照らしてもらえるか。帰りは源次に供をさせるゆえ」

「ようございますよ。では、道すがら連句でもいたしますか……」

　などと陽気に言った直後、松三郎が立ちどまった。行く手に提灯を高々とかかげる。

「いかがした」

「なにか人影のようなものが見えました」

　風に消えいりそうな声で松三郎が振り返った。

「なに者だ！」

　淳之介が誰何（すいか）するも、町屋から裏長屋へ続く木戸に人影はない。わずかな月光が雲に隠れた。

四

木戸がきしむ音がした。ひどく耳障りで歯の奥がむずりと沁みる。川から吹きあげる風のしわざで、一定の間隔をあけて戸が鳴り続けている。

淳之介の声で目をさました喜七が足をばたつかせたので、そっと地面に下ろしてやった。喜七は張りつめた気配を察しあくびを飲みこみ、松三郎の袖にしがみつく。淳之介は松三郎と喜七の前に進みでた。

草履を擦る音がして、路地からふたりの浪人が姿をあらわした。淳之介たちが立ち止まる道の両脇に、飯屋と煮物屋が軒を連ねているが、灯り(あか)はなく物音ひとつ漏れ聞こえない。

遠くから拍子木(ひょうしぎ)を打つ音が聞こえた。

ふたりはまっすぐに淳之介たちを見つめている。右手は腰の太刀にかけられていた。

「もしや、浅草寺であとをつけてきたのは、きさまらか」

返事はない。

歯の根が痛むのを感じた。ぐっとかみしめなければ震え、歯の音を敵に聞かれてしまう。やがて血の味がして吐き気までせりあがる。草履をうしろに脱ぎ捨てた。

松三郎は喜七を抱え町屋の板塀に身をよせた。

身丈のある鼬(いたち)のような面容の浪人が、無言で淳之介の面上に斬りかかった。淳之介はとっさに居抜きながらその刃(やいば)を受け、反動のまま間あいをとった。男の不気味さに寒気を覚える。これから人を斬ろうというのに、なんの気色もうかがえない。

必死に青眼に構え、相手の剣先の動きに意識を集中させた。

いまひとりの小柄な蓬髪の男は荒い息を吐いている。肩がひどく上がっていた。蓬髪は、淳之介に見向きもせず鼬男の脇をすり抜け、松三郎と喜七が逃げこんだ路地へ向かっていった。

「もしや……」

目の前の男は淳之介とは逆の方へ、円を描くように回りこむ。男の背後に目をやると、路地の小さな祠の前に、提灯をかかげた松三郎と喜七が見えた。板塀に追いこまれ、小さな喜七が松三郎の袖にしがみついている。

「狙いは緑松か！」

攘夷浪士たちが狙うのは、開国派の幕閣や外国人だけではない。諸外国との貿易販路を広げ、大きな利潤を得ようとする商人たちも標的にしていた。横浜町で商人たちが天誅にあったと耳にしたばかりではないか。栗名月の日も、浅草で松三郎と別れてすぐ気配は消えた。淳之介をつけていたのではなく、吉原へ向かう駕籠を追ったからだ。

淳之介は蓬髪に気をとられ体を左に流してしまった。そのすきをつかれた。月の光などほとんどないのに、白刃が淳之介に振りおろされるのがわかる。そのまま横に飛びすさると、体勢を崩しながらも太刀を男に向けた。やみくもに振ると男は躊躇したが、すぐに口元に笑みを浮かべた。

松三郎の悲鳴が聞こえる。

その時だった。

「先生！」

唐突にしわがれた声が響きわたった。楓川にそって、呑み屋の提灯を揺らしながら走ってくるのは横倉だ。やけ酒でも呑んでいたのか、そぞろ歩きをしていたのか。もしかしたら、青柳にくだを巻こうと八丁堀へ向かう途中だったのかもしれない。

「横倉、緑松たちを頼む！」

横倉は体をねじるように飯屋の前の揚縁（あげえん）を蹴り飛ばし、松三郎たちが逃げこんだ路地へ殺到していった。やがて気合のぶつかる音がする。

鼬男が舌打ちしながら「御家人くずれが」と吐きすてた。

「横倉のことまで調べをつけておるのか」

「道を説くだけの、口先ばかりの者らの甘言に乗った安藤と久世が、今回の御降嫁を画策した。その後ろ盾として、腐りきった商人どもの暴挙がある。あの茶商はその最たる者。異人にへつらう売国奴じゃ」

はじめて鼬男が険相をつくり、細い両眼を刃にそわせながら地に落とした。その隙を淳之介は見逃さず、左に転がるように鼬男の背後に回ろうとこころみる。敵の刃が下方からすくいあげるように、淳之介のこめかみをかすめる。そこから噴き出た血が目に入った。

鼬男が斬りかかってきた。片目だけで男をとらえているせいか、振りおろされる刃先が緩やかに見えた。薄ら笑う鼬男の歯の隙間までわかる。

一撃をかわした淳之介は、たたらを踏みながら傾いた体を起こす。しかし眼前に男はおらず、片膝をついた淳之介は右目を見ひらいた。砂を蹴る音が見えるようだった。男が背後から襲いかかる。

左膝を浮かしながら、右足先を軸に回転する。体勢を崩したときに逆手につかんでいた刀をひねるように翻した。鼬男の脇腹の肉を裂く音がする。思いがけず深く斬り込んだのが指先に伝わり、あたりに血の臭いが立ちこめた。

やられるとは思っていなかったのだろう、顔に笑いを張りつけたまま、鼬男は膝を落とし、路にくずれ落ちた。

暗くぼやけた視界のむこうに、激しい灯りが見える。松三郎のものか横倉のものか、どちらかの灯が祠の根元を燃やしていた。その路地で横倉の体が大きく跳ね、蓬髪の一刀を驚くほどの身軽さでかわした。大きく振りあげられた刀が炎に照らされる。

蓬髪が横倉の胸元に飛びこんだ。撥ね飛ばされた横倉が路地に積み重ねられた材木をなぎ倒した。松三郎が喜七を抱きすくめながらうずくまる。

「おっかあ！」

喜七の泣き叫ぶ声が聞こえた。

刀から滴る血をはらいながら路地に疾駆した淳之介は、横倉の大きな背が波打つのを見た。振りあげられた横倉の太刀は迷いなく、材木に足を取られた蓬髪の男の額に振りおろされる。だが蓬髪は相方よりも俊敏で、猫のように跳躍すると、その一撃を辛くもかわした。

「くそっ！」

声をあげたのは、蓬髪だった。祠の火の粉が男の着物に燃え移ったのだ。顔をゆがめながら火を消そうともがくが、動くほどに火が男の全身を覆っていく。

ふたたび横倉の剣が振りあげられた。火を背負った蓬髪が混乱しながら身をよじり、その火の粉が横倉を襲う。横倉の刀身が乱れた。骨を断つ気で叩きつけようと繰りだした力は、横倉本人の意思に反し大きく軌道を逸れていく。

その刃先に、身を起こした喜七が立っていた。材木に足を挟まれている松三郎を助けだそうと袖を引っ張っていたのだ。

「喜七！」

淳之介が伸ばした手はむなしく宙をつかむ。

足を傷め倒れたままの松三郎は、目の前の出来事に呆然としていたが、したたる血の溜まりが横倉の草履を濡らすのを見ると「なんということ」と声にならない声で幾度も繰り返した。

淳之介が駆けより小さな体を抱きすくめると、喜七の目がうっすらとひらいた。まだ温かい。

「すぐ医者に連れていくからな。喜七、気をしっかりもて！」

「……」

材木から抜けだした松三郎が、袖を引きちぎり喜七の額の傷に当てた。みるみる血で染まる。

喜七は震える手を胸にあてた。そこにある懐紙を淳之介は引き抜く。燃える祠の灯りが紙を照らすと、あいかわらず不格好な「母」という字が書かれていた。

茅野家の前で溝さらいをしていた喜七が、これを見せようとしていたのを思い出す。なぜあの時すぐに見てやらなかったのか。そうすれば、喜七は褒めてもらおうとここまでついてくることはなかったのではないか。

喜七の細い体が大きく痙攣し、淳之介の腕に重みが加わる。「母」の紙が淳之介の顔から落ちる血に染まった。

人が焼ける臭いが満ち、叫び声をあげながら蓬髪が路地を抜けて楓川に飛びこむ音がした。横倉が地に顔を伏せて震えている。

やがて社(やしろ)に燃え移った火は、近所から飛びだしてきた住人達の手によって消されていった。惨状に悲鳴をあげる女たちの声と、番所に駆けだす男の怒鳴り声が重なった。

火が消された路地は暗い。なのに喜七の顔だけがずいぶんと白いなと、淳之介はちぐはぐな心持ちで首をかしげた。

五

喜七の母親は、ふたりの小さな子を抱き、ぼんやりと部屋のすみに座りこんでいた。線香の煙が狭い長屋に満ち、土間に押しかけた住人たちが小さな布団を目にして泣き崩れている。父親は喜七の枕元で酒を呑みつづけているが、とがめる者は誰もいない。

ふたりの攘夷浪士の襲撃から一夜明け、与力の検視を終えた喜七の亡骸(なきがら)は、長屋暮らしの親元に届けられた。

蓬髪の男は、楓川と日本橋下の川が合流する川面で、焼け焦げた骸(むくろ)となって見つかったが、淳之介が斃(たお)したはずの髑男は、血だまりを残し消えていた。

横倉は、駆けつけた自身番の役人らに腰縄を打たれ、逃げた浪士の探索も南町奉行所の指図のもと速やかに行われている。

松三郎が蓬髪のお国言葉を耳にしていた。水戸者だろうと推測される。

「お侍さん、表に町方の旦那が来ているよ」

おっつけ午になるころ、長屋の女房が蠟燭(ろうそく)の番をする淳之介に声をかけた。すぐ参ると返事をして腰をあげる。

「ねえ、どうして兄ちゃんは、ねむっているの?」

四つの弟が、母親にすがってたずねていた。六つの妹は、母のそばで嗚咽(おえつ)をもらしている。それまで一切口をひらくことのなかった父親が顔をあげた。

「……だから言ったんだ。学なんてあってもしかたねえって」

鶉居堂に通わなければ、今ごろは家の手伝いをしていたはずだ。

喜七が残した書きかけの半紙が、部屋のあちこちに散らかっていた。これまで淳之介が教えた文字は、どれもミミズの這ったようなものばかりで、最後に見せられたものが一番見栄えが良いものだと知った。

紙も墨もただではない。溝さらいで得た銭でくず紙屋から落とし紙を買っていたのを、女房たちの立ち話から知った。紙なぞいくらでもくれてやったのに。おかしなところで強情っぱりな子だった。なのに仲間外れにされたと拗ねる喜七のあどけない顔が忘れられない。なぜ、あのとき腕の中にいる喜七に「立派な文字だ」と褒めてやらなかったのだろう。なぜ、喜七が字をおぼえたときの笑顔が、淳之介にとって何にも勝る喜びなのだと伝えなかったのだろう。最期にかける言葉すら喉に詰まり、その体を抱きすくめることしかできなかった。

あの傷では助からないとわかっていたのに、淳之介はなにかに祈ってしまった。罪など犯していない子が死ぬわけがないと、根拠のないものにすがろうとした。仁だとか義だとか、偉そうなことを口にしながら、自分は教え子の最期になにも言えない。なんと無力な男だろう。

表に出ると、裏木戸の外に青柳と正吉が立っていた。昨夜の凶事について近く奉行所で吟味がある。淳之介と松三郎は家に留まっておくよう申しつけられていた。

青柳に造作をかけたと詫びてから、横倉の処遇についてたずねた。

「しばらく大牢にとどまり、いずれ島送りか江戸払いの沙汰がくだる」

横倉が喜七を斬ったことは、襲撃してきた浪士との立ちあいで起こってしまった、避けられない凶事だった。奉行所ではそう見立てている。喜七の亡骸を前に泣き崩れていた横倉は、薄暗い牢の中で、血塗られた手のひらを見つめているのだろうか。

正吉は、すすり泣きが聞こえてくる喜七の家に視線を向けた。

「あっしはね、茅野の旦那。攘夷だとか御降嫁だとか、そんなこたあ気にも留めずにきたんだ。お天道さまがからっと照って、雨がしとしと降ってよ。そんでうまい飯が食えりゃあそれでいいってな」

正吉は長屋の壁に拳(こぶし)をあてた。

「でもよお、あんなちいせえガキが死んでいい道理なんてねえよな。せっかく病にもならず九つまで育ってよお、冷たくなって親のもとに帰るなんて、あっていいわけねえよなあ」

「当たり前だ。そんなの狂ってらあ」

青柳が目を伏せた。鉄太郎らと一緒に遊んでいた喜七を、酒を呑みつつながめていたのは、ほんの半日前のことだ。

立場は違えど笑い声に門地はなく、大人たちがどう足搔いても越えられない柵(しがらみ)を、子らはひょいと越えてしまう。淳之介が門人たちにどれほど「三奪法」を説いたとしても、一緒に額をくっつけて笑いあうことに勝るものはない。

小石川の家に戻ると、庭でお市が枯れた萩の花びらを一枚ずつ集めていた。源次は誰も振らなくなった竹ぼうきの枝の縄を括(くく)り直している。お市が腰を伸ばしながら立ちあがり、源次に声をかける。

「その辺りに実のなる木を植えましょうか。柿はあるから、梅か桃か栗か」

そこはいつも喜七が箒を振って、侍の真似事をしていた場所だ。なにか見繕(みつくろ)ってまいりますと、源次が応えた。

「ただいま戻りました」

帰宅を告げるなり、お市から「枝を切りなさい」と鋏を渡された。すでに茎も葉も茶色く枯れ果てている。

「枯れてしまっているのに切りそろえるのですか?」

「きれいな花を咲かせるには、この剪定(せんてい)が大切なのです。枯れた邪魔な枝を取り除かねば、春に新しい枝が生えません。このように、したくをしておけば、花芽もたくさんつくでしょう」

お市は背筋を伸ばしたまま泣いていた。母自身が気づいていないのか、またしゃがんで花びらを拾いはじめる。喜七とその妹弟が鶉居堂に出入りするようになってから、茶簞笥(ちゃだんす)に必ずかりんとうや金平糖が入っていた。

「申しわけありません……母上」

泣いてはならないと、叱られるとわかっていながら、淳之介も涙を止めることができない。膝をついて萩の根元に顔をうずめる。悲しみに暮れてよいのは、親や妹弟たちだけだ。だが、どうしても体の内から湧きあがる怒りや失望が眼(まなこ)に集まるように、止めることができなかった。

「淳之介さん。萩の名の由来をご存じですか?」

お市が手の平に包んだ枯れた花びらをかかげた。

「生え木(はき)、という呼び名が転じたのですよ」

「生きる、木?」

「冬の間に枯れたと思われた萩の株から、新しい芽が生えてくる様子からつけられたそうです。だから私は萩が好きです。なんとも強(したた)かで、粘り強い花ではありませんか」

文久元年十一月十五日。

皇女和宮一行が、千代田九段の清水屋敷に到着した。京の桂御所を出立して小ひと月。三万人の従者が全員通過するまで四日かかるらしいと、町人たちが感嘆の声をあげている。はて、四日前の自分はなにをしていたかと思い返すも、淳之介にはまったく覚えがない。ほこりが溜まりはじめた鶉居堂の教場で、ぼんやりと庭をながめて過ごすうちに、庭木の葉はたいてい枯れ落ちてしまった。

喜七の長屋に米と芋を届けたあと、足をのばして鎌倉河岸の酒屋雁丸屋に立ちよった。ここは蔵の側に出店を構え、安酒から下り酒まで呑ませてくれる。このところ寝つきが悪く、寝酒を所望しようと立ちよったのだ。だが店の前には客がごった返して中に入れない。

店の入り口に「摂州灘『花嫁』醸造」なる引き札が貼られていて、それを目当てに客が押しよせているらしかった。宮さまの御祝意で造られた酒で、これが評判となり雁丸屋はかなり繁盛しているようだ。

あとから入ってきた職人たちが、口々に「九段の清水さま」とか「宮さま」と喚き散らしている。中山道板橋宿にとどまっていた和宮御一行が、清水御門から入城しているという。たしかに本郷あたりも見物人が道ぞいに列を成しており、ここまで来るのにいくども警護の侍に足止めされた。

その長い列は途切れることなくつづいており、明日まで見物できらあと皆が笑っていた。人の流れにのり、御堀にそって清水御門へ向かった。見物客が道を塞いでなかなか前に進めない。ようやく行列が見えたとき、背後から「茅野先生」と名を呼ばれた。

振り返ると、そこにいたのは旅装束を纏った松三郎である。頬はいくぶんこけ、鬢に白いものが混じっている。ひと月足らずで一気に年を取ったように見えるが、瞳の奥から深い光がまっすぐ淳之介を見据えていた。再び横浜へ行くと告げられたとき、この男も覚悟を決めたのだと淳之介は知った。少し足を引きずっている。倒れた材木に左足の小指をもがれたそうだ。

「次は土産にフォトグラフをお持ちしますよ。お市さまは嫌がりそうですが」

松三郎と別れたあと、来た道を戻り、一石橋（いちこくばし）を渡った。御堀と平行に流れる楓川まで辻ごとに道を折れながら進む。淳之介たちが襲撃された路地へ足を向けるのは、気が重い。

焼け落ちた祠はそのままなのに、喜七が命を落とした場所はすでに新しい砂が敷かれている。誰かが手向けたのだろう。祠の側に小さなデンデン太鼓が置かれていた。路地のむこうに澄みきった高い空があり、その下に荘厳な城が広がっている。血を隠すように覆われた砂が風に舞った。

路地を出て長くつづく道を見つめる。

「力足らざるものは中道にして廃す。今女（なんじ）は画（かぎ）れり」

孔子（こうし）門下十哲のひとりである冉求（ぜんきゅう）が、自らは力が足りず、先生のおっしゃるようなことは実行できないと弱音を吐き、孔子から叱咤されたときの言葉である。

無力ゆえに挫折することは致し方ない。しかし、力が足りぬからと自ら道を放棄するとは何事か、と。

道だけを説いているだけではなにも変りはしない。道は望む者にひらき続いている。

祠の近くに植えられた金木犀が一枝（ひとよ）、散り遅れている。香りはまだ強い。鼻の奥がツンと痛くなった。この香りもすぐ冬のとがった風に吹かれて消えていくだろう。

淳之介は目をとじて、じっとあたりの気配をさぐった。

もう、萩の香りはどこにもなかった。

鑑草

一

とうとう母屋の雨どいが外れたらしい。中間の源次を呼ぶ声がして、淳之介は読本から顔をあげた。小石川伝通院西の三百坂に、お市の甲高い声が響いている。

「ああ、こりゃあ腐っておったのですなあ」

庭で立木の剪定をしていた源次が、広縁から雨どいを見上げているお市に向かって、神妙な顔をしている。

「おまえはそれを知りながら放っておいたのですか？」

「へえ、淳之介さまがお役に就けば、日ならずお屋敷を移るやもと思っておりましたんで。あと半年、うんにゃ、三月持ちこたえてくれればようござんしたに」

茅野家に奉公しはじめて十九年になる中間は、お市の甲高い小言をさらりとあしらう。同じころ、茅野家に生を享けた淳之介には、到底できない芸当だ。

淳之介は朝から離れに建つ道場の真ん中に寝転がり、読本をながめていた。寒さも和らぎ江戸の町はすっかり春めいてきたが、板の間はまだひんやりと冷たい。表で源次が修繕をはじめたので、しかたなく腰をあげた。家屋の修理は主の仕事らしい。十九歳の若い当主にしてみると、大工仕事はいまいち地味でつまらぬ作業である。

雨どいが傾いていたのは、毎日ここに寝転がる淳之介も気づいていたが、それを指摘すると直せと言いつけられそうで見ぬふりをしていた。とうとう今朝がたゴトリと外れ、お市が大切に育てていた紫陽花の枝を押しつぶしたのだ。

――これはしばらく母上の機嫌がおさまらんな。

物が壊れたときのお市は、必ず父を引きあいに出してくる。

亡き父、茅野政平は、屋敷の修繕に余念ない人だった。手先が器用だったので、手あぶりの火鉢台やら塵取りやらを手作りしていた。微禄ゆえ贅沢とは無縁な茅野家だったが、それを惨めだと思うことは、徳川の禄を食む幕臣としてあってはならない、むしろ質素倹約こそ武家の清廉な姿だ、というのが政平の口癖だった。

午過ぎに修繕がおわり、淳之介は外神田にある有馬道場へ剣術の稽古に行くとお市に告げて、源次を伴い家を出た。ただしやる気はないので、防具を担いで出かけても、川辺で寝転がって横着するのが常である。今日も本郷元町にある茶屋に立ち寄り、防具と酒代を源次に渡した。しばらく時をつぶして家に戻るよう言いつけると、源次は薄い眉をたらして不平顔を浮かべた。

「また鶉の先生のお塾でやんすか。奥さまに知られたら、あっしはお払い箱になりますが」

お市は実にならない学問を嫌がる人で、権家に伝手のない斉藤塾へ通うことを疎ましく思っている。

「おまえがいなくなって困るのは母上だよ」

あとは頼んだよと言い残し、淳之介は昌平坂近くに塾を構える斉藤家まで歩いていった。門をくぐり、枝折戸を通って庭に足を向けると、左手奥に青々とした竹が垣根代わりに生え、その前に小さな菜園と、細長い長屋が建っている。長屋の中は壁や襖が取りはらわれた広い教場になっていて、弟子が使用する経机が壁際にびっしりと積まれているが、ちかごろはこれら全てが並ぶ姿を見たことがない。

かつての盛況ぶりは片鱗も残されておらず、鶉庵が講義のため座する縁なし畳の一角だけ色あせ擦り切れていた。

先日、淳之介よりも長く学んでいた兄弟子が辞めていった。

「蘭学塾へ移るつもりだ。茅野も一緒にこないか?」

その誘いは淳之介を惑わせた。

斉藤鶉庵は、徹底して古典と儒学の経書を読みこみ、名利に拘泥しない学問を追求する儒学者である。弟子は町人から下級武士、旗本子息や隠遁した老人など千差万別で、年齢や学歴、門地の縁を切り、学びを積み重ねることで、正しい学問が身につくと考えていた。斉藤塾では、年少の者は十二、三歳までは、ひたすらに四書の素読をおこない、十五で師匠による経書の講釈がはじまる。ただ、ほかの私塾で主流となりつつある、知を競わせる「会読」を嫌った。

とくに近ごろの私塾では、この会読において序列をつけて競わせ、学問の優劣をつけたがる風がある。鶉庵は「学問は己の為にするもの」と徹しているから、この風潮を忌み嫌っていた。淳之介と同じ年ごろの弟子たちは、鶉庵の講義だけでは物足りなさを感じるようになり、次々に塾を辞めていったのである。

転塾を誘われ、おれもそうしようと思っている、鶉庵先生の教えはもう古い、と心の中で応えたものの、口では「ここでやっていく」と言っていた。

世間で評判の私塾となると、入門するさい破格な振る舞いが必要になる。日々の家計に苦慮する茅野家が用立てできる額ではない。斉藤塾はというと、家禄の低い子弟や農家の息子も饅頭ひと箱で入門できる。しかも盆暮れ五節句に支払う謝儀は、子の手習所並みに安いのだ。

それだけではない。淳之介は、鶚庵に恩義があった。

四年前、政平がお役目の失態から腹を召して命を落とした直後、斉藤塾の弟子たちから、乱心者の息子と学ぶことはできないと疎まれた。そのころの淳之介は、父の死で学問を続ける気力を失っており、退塾するのもよい機会だと鶚庵に申し出たのである。

――古の学者は学問を己がためにし、いまの学者は人のためにすとは、よく言ったものです。私は君たちに、ただ無心に学問を身につけてほしいのです。ひとりよがりにならず、偏見を持たず、探究し続けることを、私は望んでいるのです。

鶚庵は気性が穏やかで、声を荒らげることのない人だったが、そのときだけは目に涙をためて弟子たちを激しく叱咤した。そして自分の教えはなにも通じていなかったと肩を落としたのだ。鶚庵の悲憤は、学ぶことから目を背けた淳之介にも向けられたものだった。

物思いにふけり庭先で立ちつくす淳之介に気づき声をかけてきたのは、斉藤家の下女である。鶚庵は釣りに出てしまい、いつ戻るかわからないとのことだった。では、娘の由見に書物を返したいと頼むと、こちらも留守だという。裁縫を習いに出かけており、その後も知人と芝居を見物するようだと告げられた。しかたなく書物は下女に預けたが、家に戻るには早すぎる。

――八丁堀まで足をのばすか。

南町奉行所同心で淳之介の古なじみ、青柳梅太郎も、かつては鶚庵の弟子だった。ところが彼は学問に興味が薄く、由見の顔見たさに通っていたふしがある。奉行所の見習となり塾から足は遠のいたが、暇をみては団子やらわらび餅やらを手土産に、斉藤家には顔をだしているようだ。

先ごろようやく「本勤並」から加役を与えられる「本勤」に格があがったという。折良く今日は勤番日ではなく、自宅の庭で竹刀を振っていた。午下がりの長閑な組屋敷に、重たい素振りの音が響いている。

垣根越しに声をかけると、青柳は額の汗を手の甲で拭いながら竹刀をおろした。もろ肌から見える隆々とした肩に乗る汗が、するりと流れる。

庭にまわって縁に腰をおろす。百日紅の葉脈ごしに春の日差しが降りそそぎ、淳之介の目をくらませた。

「並の肩書が取れた気分はどうだい」

青柳は憮然と首を振った。

「つまらんね。番方のお歴々が出仕して、まず取りかかることはなんだと思うよ」

「持ちこまれた訴状を検めるのだろう?」

「どのような角度で十手を振れば、朱房がぱっと開くかとくだらぬことばかりに専念しておる。きのうなど、組頭の大沢さまが、『朱より紫房のほうが見場がいいと思わねえか』ときたもんだ」

青柳自身は例繰方の判例集めに駆りだされ、丸一日薄暗い詰所で文字をにらみつけているらしい。彼が目指す父のような町廻りのお役に就くには、まだ相当の鍛錬と研鑽が必要なのだろう。せっかちな友の性分は承知している。まだこの先が長いと諭すと、青柳は不貞腐れ足元の砂利を蹴りつけた。

「なぜ日がな一日、百年前の心中事件など調べねばならんのだ。城を盗賊団が狙うとか、天狗が町を襲うとか、血が沸き立つ事件でも起きないものかね」

「この時世、そんな大層なことが起きるわけがない」

淳之介としては、退屈で時を持て余すくらいがちょうどよい。川の畔でのんびり雲の流れを目で追っていると、泰平の世に生まれたありがたみを感じる。戦国の世であれば、淳之介は槍を構えたとたん、敵陣から飛んでくる矢に串刺しにされたにちがいない。

「茅野はいつも呑気でいいな」

「そうでもないさ。忠勤に励まねば母上に勘当されかねない。逢対日は欠かさず権家へ出向いているぞ」

「いやいやだろ?」

「母上には逆らえん。そういえば、一度だけ弓削さまからお声がけを頂いた」

先日、小普請組支配の弓削弘光から初めて声をかけられた。もしやお役目がいただけるかと胸の奥が沸きたったが、実のない雑談に終始し、さらに次の間に控えていた小普請の者たちから失笑されてしまった。

「一体なにをやらかしたのだ」

「弓削さまが『このように頭をさげることに嫌気がさしているだろう』とおっしゃったので、それに答えただけのことだ」

「なんと答えたのだ」

「忘れてしまったが、当たり障りのないことさ」

たまにお市に急かされて、誰よりも早く支配屋敷へ駆けつけたりすると、門番から「お珍しいことで」と嫌みをはかれる。門番に顔を覚えられてもとぼやくと、青柳は意地の悪い笑みを浮かべた。

「目先を変えて妻でも娶れば、いますこし欲が出るんじゃねえか？　茅野家に念願の縁談話がきているんだろ？」

「なぜおまえが知っているんだ」

「親父の使っている正吉という岡っ引きが、神田川沿いを縄張にしている。御母堂が持参金の良い縁談はないかと、方々に相談しているらしいな」

　確かに縁談はある。御広敷添番士浜田忠次郎の次女である。これまでになく話がするすると進み、お市がたいそう乗り気だった。器量もよく血筋も悪くないが、唯一の懸念は出戻りで、二十四歳という年増だということだ。どうやら先の婚家で子ができず、離縁にいたったようである。

「子ができずとも、養子をもらうなり淳之介さんが妾を作り子を生すなりすればよろしい話です」

　お市は誰の腹から子が生まれようと、茅野家さえ守れたらよいと言いきる。しかも浜田家から差しだされる持参金は十五両と破格で、茅野家にはこの上ない縁談話だ。

　すぐにでも話をまとめたそうなお市だったが、先方の前当主が新年早々鬼籍に入ったため服忌にある。結納は年が改まった春以降になるらしい。

　頼母子講仲間や札差に借金を重ねる茅野家としては、喉から手がでるほど持参金が欲しい。それは淳之介も承知しているが、金を嫁にもらうようで世知辛いと思ってしまう。

　両家の釣り書きを交わしたばかりなのに、お市はすっかり嫁を迎え入れる気構えで、札差から金を借り足し、近々屋敷の畳をすべて張り替えるそうだ。

　家でせかせかと動きまわるお市を思い浮かべたのか、青柳は笑いをかみ殺している。

前祝に一献傾けようとなり、青柳と上野まで連れだち歩いた。春の風はまだ冷たく、足首に砂が当たるとちりちりとすね毛がひりつく。

下谷広小路にさしかかったとき、青柳が「アッ」と声をあげた。廓唄を聴かせる見世物小屋の筵の前に、上背のある武家の娘が立っていた。鶉庵の娘、由見である。淳之介のひとつ年下で十八歳。派手な顔つきではないが、冷やかしで小屋をのぞく男たちが、由見へ意味ありげな視線を向けていた。

由見の横には、同じ年嵩の娘がたたずんでいる。こちらは遠目にも顔色が優れないのが見てとれ、由見が気遣い背をさすっていた。脇に二挺の駕籠があり、駕籠かきがしゃがんで煙管をふかしている。猿若町の芝居小屋にでも赴くさなか、連れの娘が具合を悪くし足止めを食っているのだろう。

——女中もつけず物騒な。

果たして、竹筒を手にした若い男がふたりに駆け寄っていく。空っ脛に紺看板（法被）と梵天帯。剝げた木刀の先が上下に揺れている。雇い中間のようで、身なりは整っているが、足の運びは上っ調子で軽々しい。源次のように長く勤める中間はまれで、一季で屋敷を渡り歩く町人や農民が大半を占めている。この手合いは「三両で武士の部へ入り」と冷やかされるにわか仕込みが多い。

淳之介が小屋へ足を向けると、待てと青柳に引きとめられた。

「ありゃあ鳴海家の奉公人だ。たしか、亀之助といったか。先生があの者を相持ちしているのを見たことがある」

斉藤家の竹垣のむこうには、小十人組鳴海平兵衛の屋敷が建っていた。将軍の護衛を務める格の高い役目のわりに俸給が少ない。筋金入りの貧乏旗本たり得る役職である。

一方の斉藤家も裕福とはいえぬ暮らしぶりだ。鶉庵は学問所勤番を務めていたが、妻が病で他界したあと自らも体を壊し、跡目を長子の啓一郎に譲った。それを機に名を鶉庵と改め私塾を開き、細々と謝儀を得ているが実入りは少ない。

両家は余計な奉公人を雇う余裕がなく、恥を忍んで互いの中間を貸しあい、武家の体面を取り繕っているらしかった。

「それも正吉が調べあげたのか？」

「結納の席で亀之助を見た。普段は見栄を嫌がる先生でも、そのような席に中間がおらぬようでは心もとないからな。娘のほうは鳴海家の御息女、りくどのだ」

見世物で火を噴く男が奇声をあげている。それに驚いた由見とりくだが、やがてふたりは駕籠に乗り、亀之助とともに浅草方面へ消えていった。

はたと、淳之介は青柳にたずねた。

「……だれの結納だ？」

「おれと、由見どの」

秋にも青柳は由見と夫婦になる。淳之介はこの日、竹馬の友も嫁取りがちかいことを初めて耳にした。

二

お市からくれぐれも粗相のないようにと念を押され、淳之介は進物の手拭と半紙を抱えて斉藤家を訪問した。玄関で訪い(おとな)を告げるが返事がない。

「教場におられるのかもしれん。ここで待っていてくれ」

伴った源次を玄関に残し庭へまわる。すると母屋の障子戸が勢いよくひらき、廻り縁に小太りの初老の武家が姿を現した。

「娘御をお呼びくださらぬのであれば、かどわかしに手を貸したとみなし、上へ訴え出るだけのこと」

「いや、お待ちくだされ、鳴海どの！」

あとを追って座敷からでてきた鶉庵が、庭で棒立ちになる淳之介に視線をよこした。軽く手を上げ、しばし待てと言い残し玄関へ駆けていく。竹林のむこうの屋敷に鳴海が戻る足音を聞き、あれが斉藤家の「相持ち仲間」だと知った。

「なんとも見苦しいところを見られてしもうた」

鶉庵が気まずそうに小走りで縁を戻ってきた。小柄で人好きのする容貌ゆえ、若い弟子たちからは「鶉先生」と呼ばれている。

青柳家との結納を喜ぶ旨を伝えると、鶉庵は恐縮しながらも目じりを垂らした。

年が明けてすぐ、青柳家から縁談が持ちこまれた。青柳梅太郎は居眠りばかりする劣等生だったが、性根は真っすぐで気持ちのよい若者だ。いまや八丁堀の同心である。由見とも知らぬ仲ではない。あっという間に話はまとまり、秋に婚礼とあいなった。

源次を呼び祝いの品を渡していると、竹垣のむこうから下男を呼びつける鳴海平兵衛の大音声(だいおんじょう)が響いてきた。鶉庵が深くため息をつく。

「先ほどの……鳴海どののご様子はなにごとでございますか？」

煙草(たばこ)盆を脇に寄せた鶉庵が、縁をぽんとたたく。淳之介が隣に腰をおろすと、鶉庵は煙草の煙を細く長くはきだした。

「娘御が駆け落ちしたらしい。相手は、中間の亀之助だ」

亀之助は町人の出だが、切れ長の目が涼やかで男っぷりがよく、立ち居ふるまいも如才ない奉公人だった。世間知らずのりくが慕情を抱いてもおかしくはない。両親も娘の熱い視線の先に気がついていた。仕事のできる男ゆえ、ひきつづき雇い入れたものの、まちがいがあってはならないと、鳴海平兵衛は考えていたらしい。亀之助に暇(いとま)をとらそうとした矢先に、ふたりは姿をくらませてしまったのだ。

「その駆け落ちに、うちの由見が手を貸したという」

「まことでございますか」

由見は、りくと頻繁に猿若町の芝居小屋に通っていた。家人の目が届かぬ場所で、家を出る手引きをしたのではないかと平兵衛は疑っている。

「あれは知らぬと申しておるが……」

武家の娘が奉公人と出奔した。両人とも未婚であるから不義密通にはあたらないが、身分が違えば法度(はっと)に触れる。鳴海家はなにかしら処分を受けるだろう。平兵衛はふたりを捜しだし、りくを仏門へ入れ、亀之助を手打ちにすると息巻いているらしい。

向かいあう二家に立ちあがった騒動は、青柳と由見の縁談話にも影を落とした。

数日がたち、青柳が三百坂にやってきた。お市には聞かれたくないというので、離れの道場に案内した。雨漏りがひどく源次が屋根にのぼっている。木槌(きづち)の音は、話し声を隠すのにちょうどよい。

「鳴海家の一件か?」

言いよどむ青柳に先んじて、淳之介が口火を切った。

「なぜ茅野が知っている」

「じつはおれにも岡っ引きがいる」

「ふん、鶉庵先生か」

三日前、縁をつないだ仲人が、突然青柳の家にやってきた。婚礼を先延ばししたいと言われ、はじめて鳴海家の駆け落ち騒動を知ったのである。由見が関わりを持っているなら、仲人として看過できないとのことだった。

「そのような慮外なことで、なぜおれたちがとばっちりをくわねばならんのだ」

すぐに青柳は斉藤家に馳せ参じた。由見は気鬱がすると言って姿を見せない。鶉庵と啓一郎夫婦も、一向に事の次第が分からず途方に暮れている。

由見自身が訴えられたら、縁談はご破算になるだろう。武家の跡取りとして生を享け、惚れた娘と一緒になれるなぞ稀有なことだ。その万にひとつの奇跡を失うかもしれない青柳の心中を思うと、友人として胸が痛む。

「なんとか由見どのに害が及ばぬ策はないだろうか」

淳之介の懸念に、青柳がうなずいた。

「鳴海さまよりも先んじてふたりをひっ捕まえて、表ざたになる前に内々で事を静めるしかなかろう」

すでに青柳の父が手札を与える岡っ引きたちを割いて、町中の探索に当たらせていた。

「ただ、やみくもに捜すのも時がかかる」

そこでだ、と青柳は居住まいを正した。

「おまえに頼みがある。由見どのからふたりの行き先を聞きだしてもらいたい」

「なんでおれが?」

「知らないと思っていたのか。鶉庵先生の不在のときを見計らって、由見どのと本のやり取りをしているだろう」

青柳の深い茶を帯びた両目が、淳之介の鼻先をじっとりと睨みつけている。


はじめて由見と言葉を交わしたのは、父が切腹した四年前、嘉永二年(一八四九年)の立冬が過ぎたころだった。淳之介十五歳。お市と伝通院西の三百坂の貸家へ移った直後である。

荷ほどきで行李を片づけていると、鶉庵から借りたままの本が何冊もでてきた。父の死以降、講義を受ける気力がつづかず、夏が過ぎるあたりから足が遠のいていた。いまさら門戸をたたいてよいものかとためらわれたが、本を返しに鶉庵を訪ねたのである。あいにく師匠は不在で、代わりに応対に出てきたのが由見だった。『史記』を預けるなり、由見がこう切りだしてきたのである。

「これを返すのは、あと十日ほど先にできませんか?」

これほど間近に由見の声を聞いたのは、そのときが初めてだった。幼い顔つきのわりに、大人びた湿った声である。

斉藤鶉庵は、学問に門地を一切持ちこまぬ学者だが、女が学ぶことをひどく嫌がる人だった。婦女子は裁縫と和歌さえできればよいという頭の持ち主で、由見が書庫に近づくとよい顔をしないという。

「たまにお塾に耳を立てているのですけど、父の教えはちょっと時代遅れ。新井白石のころの古い指南だわ。あれじゃあみなさん退屈してしまいますよね」

悪びれることなく父のやり方に苦言を呈する由見に唖然とした。怖いもの知らずの由見が恐ろしくもあり、同時におかしみも感じる。

「ほら、八丁堀の青柳さまなんて、経机を出すとすぐに伏せって寝ておられますでしょ？　あの席を代わりに私にくださらないものかしら」

すこし前に気づいたのだが、青柳は由見と話す機会はないものかとうかがっている。講義の合間に格子窓から菜園の世話をしている由見を垣間見ているのだ。そんな友に、由見がおまえの席を狙っているぞと耳打ちしたら、どんな顔をするだろうか。勘違いして由見に好かれていると大喜びしそうだ。このことは黙っていようと淳之介は思った。

「ですからね、父上に本を返してしまう前に、この由見に又貸ししてくださいな」

よいでしょう、と由見はほほえむ。

「先生に知られたら、おれは破門になってしまうよ」

「大丈夫です。父がつねづね、茅野淳之介という若者は、江戸の顔淵になりうる弟子だと申しておりましたから」

顔淵は、三千人ともいわれる孔子の門弟の中で、とくに最高の人と賞される高弟である。そんな人物と並び称され、淳之介は目を丸くしたが、由見が片えくぼをつくり笑ったので、腹立たしくなりにらみ返した。だが臆することなくほほえむ由見に、とうとう観念したのだった。

「本はそなたに託した。あとは好きにすればいい」

ぱっと頬を赤らめた由見は、本をしっかと胸に抱いた。

「淳之介さま、このことは私たちだけの秘密です」

変わった娘もいるものだと、淳之介は思った。

講義のある日は鶉庵の目がある。弟子がいない日でも、師は学ぶことを怠らず、一日中書物と差し向かう日々だ。ただ、鶉庵は無類の釣り好きで、数日置きに中川まで出て釣りに興じる。その時を見計らって本を返しに来る約束を交わした。

「いまはまだ叶わないけれど、いつか会読をいたしましょう」

「意気ごむ由見どのには申しわけないが、おれは負けないよ」

「会読はたがいの知識を高めるための手段ですよ。勝ち負けではありませんでしょ」

そうでした、と淳之介は頭をかいた。

父が死んでからというもの、心浮き立つことがなく、薄暗い屋敷の黴(かび)やきしんだ柱、道場の天井からの雨漏りをながめることに辟易していた。塾生からは白い目で見られ、鶉庵がその場をとりなしてくれても心の内は澱んだままだった。

だが、由見と秘密を分かちあうことは、再び塾へ通う気力になった。ここに来なければ、鶉庵から書物を借りることはできないのだから。

淳之介十五歳、由見十四歳。若いふたりが末(すえ)に約束したのは、甘い言葉ではなかったが、淳之介が学びつづける意味のひとつになったのだった。


貸し借りをはじめてすこし経ったころ、青柳はたまたま淳之介と由見が鶉庵の目を盗み、本をやり取りしているのを知ったという。

「この青柳梅太郎、一世一代の知らぬふりだった。由見どのも知られているとは気づいていない。

この先も言う気はない。とがめることではないし、なにより、おまえを信じている」

「当たりまえじゃないか！　おれは由見どのをそのように見たことはない。むしろ気が強くて苦手なくらいだ」

本を渡すとき、由見は前に読んだ本をどのように解釈したかなどと小賢しく聞いてくる。しどろもどろな返しをすると「私はこうでございます」と、弟子顔負けの論点をついてくるのだ。

由見には鶉庵にない奔放な見識があった。学び続ければ、先の世が大きく開かれると信じているようだった。それが男であろうと、女であろうと。

だが、武家はいくら学問を習得しても、それが直接出世に繋がることはない。家禄も役目も過去の勲功で引き継がれる。勘定方など、ごく一部で吟味による任用は叶うものの、おおかたは生を享けたその瞬間から、死ぬまでの道筋が定められていた。それはどう覆そうとしてもできないことで、だからこそ学ぶことは、人のためではなくおのれを磨くためのものであるという鶉庵の考えは理にかなっていた。

そして由見も、学ぶことで自分の生きる道を変えたいと願いながら、決して叶うことがないと知っている。それでも学ぼうとするならば、鶉庵の「学問は己の為にするものである」という考えにもっとも沿う学徒なのかもしれなかった。

「つまり、おれが本を渡すと申せば、由見どのは顔を出してくれるのではないかということだな」

青柳が親以外に頭をさげるなど、滅多にないことだ。淳之介は、必ずりくたちの居場所を聞きだすことを約束した。

三

『源氏物語忍草』を携え斉藤家へ出向いたのは、青柳の頼みを受け五日ほど経ってからである。すぐに由見に会いに行きたかったが、母屋に続いて道場の雨どいも壊れ、さらに竈の煤が詰まって煮炊きができなくなってしまった。源次と大工仕事にかまけていたら、瞬く間に日が経ち青柳から催促の文が届く始末だった。

あらかじめ鶉庵が不在なのを確かめている。取次ぎに出た下女へ、由見本人に本を渡したいと申し出ると、面倒くさそうに首を振られた。

「由見さまは縁側におられますが、だれにも会いたくないと申しております」

「では教場に本だけ置いていく」

下女の返事を待たず、庭に足を向け枝折戸を押しひらくと、足もとにかわいらしい葉が広がっていた。踏みそうになりそれを飛び越える。夏になると、茅野家の庭にもびっしりと根を張るカタバミだ。お市が庭いじりをするとき、まずはこれを引っこ抜く。だが数日するとまたぞろ顔を出す。五枚の花弁は可憐で慎ましくしたたかで、それをお市は遠慮なくブチブチとちぎるのだった。

斉藤家のカタバミは除草されず、生垣や縁の下の日が差しこむ地面に咲いていた。

由見は廻り縁に腰掛け、静かに本をめくっていた。庭に差した日の照り返しが、由見の顔をさらに白く輝かせている。頬はほんのりと色づき、顔色は悪くない。淳之介は安堵の息をついた。

「暇つぶしに、うちにあったものを持参いたしした」

淳之介は由見の横で風呂敷包みを解いた。本を目にした由見は、ふっと口元を緩ませる。

「源氏物語がお好きなのですか？」

「物語にでてくる歌に興味があったのだ。決して色恋に呆けるためではござらん」

「よいではありませんか。殿方が色恋の物語を読みふけっても」

淳之介が否定するほど、由見は笑う。

「母上が買い求めたものだ。読みたくなければ持ち帰る」

「読みます、読ませていただきます」

こらえきれず、由見が体を折り曲げて笑う。「お市さまによろしゅうお伝えくだされ」と言われ、淳之介は憮然とうなずいた。先日ここで鶉庵と並んで前栽をながめた時にくらべ、初花が多く芽吹いている。鮮やかで目が眩むほどだ。二冊の本を挟んで腰をおろす。

「青柳が」と口をひらいたものの、肝心の言葉が続かない。

「……青柳も心配している。おれはふたりの友人として、憂いなく幸せになってもらいたいのだ。もし心安からぬことがあるなら、おれに話してもらえないだろうか」

「私も友人なのですか？」

「おかしいかな。由見どのは、かけがえのない友だと思っておった」

由見が、「殿方とおなごで？」と首をかしげたが、やがて相好を崩した。

「おかしなことでございますが、なんだかよい響きですね。しっくりきます」

本を通じて続いてきた淳之介と由見の関わりは、「友」という言葉をおいて表しようがない。淳之介はこの才女に尊敬の念すら抱いていた。だからこそ、由見が窮地にあるなら助けたい。青柳から頼まれずとも、淳之介はこうしていただろう。

風が本をめくりながら座敷に吹きこみ、床の間の掛け軸を揺らすのが目の端に入る。ふたりでその風の先を追ったあと、たがいの視線が交わったが、先に目をそらしたのは淳之介のほうだった。

庭のすみに小さな菜園がある。えんどうの蔓が、生暖かい風に揺れていた。それをながめる由見の顔は、白い陶器のように艶やかだ。

「おりくさまに手を貸したのは、たしかに私です」

ようやく由見が口をひらいた。

りくとは裁縫の師匠を同じくし、十のころから親しくしていた。鳴海家はお目見であり、斉藤家とは家格が違うが、ひとつ年上のりくは由見を妹のようにかわいがってくれていたという。

「私が女ながらも学問が好きだと申せば、それはとてもよろしいことだとおっしゃるような、心延えのお優しい方でございます」

一年前、亀之助というひとりの男がりくの前に現れた。それまでとうの立った下男や中間ばかりだった屋敷に、涼やかな目元の役者まがいの男が現れたのだ。堅物の父から目をかけられるほど仕事ができ、りくが表を歩けば影のように寄り添い守ってくれる。箱入り娘の穏やかな暮らしは一変した。

りくの父、鳴海平兵衛は、娘の輿入れに相当力を入れていたという。斉藤家ほどではないが、暮らしぶりは裕福とは言い難い。それでもかなりの額の持参金を用意し、良い家柄の御旗本へ縁を繋ぐことが叶ったのである。親戚一同大層な喜びようで、鳴海家はこれで安泰だと連日宴席がもうけられていた。

「おりくさまの胸の内はいかばかりかと拝察いたします」

「だが、そのような身分の低い男とりくどのでは、つり合いがとれぬではないか」

「私もそのように説得しましたが、おりくさまの心はすでに定まっておいでした」

亀之助が追い出されたら縁は絶たれる。一緒になるには相対死にするしかないとまで追い詰められていた。由見は、身分を越えてまで夫婦になりたいというりくの覚悟に感銘を覚え、駆け落ちに手を貸すことにしたのである。

「たがいの家では家人の目があります。鳴海さまのご懸念通り、芝居見物のときに段取りをつけていました」

駆け落ちの決行日は、毎年の御縫子たちとの恒例行事、上野寛永寺の花見の時と定めた。由見がお師匠さんや御縫子の目を引いている間に、りくは見物行列を抜けだす手はずだ。さらにその日は鳴海家で大掛かりな畳替えと屋根の葺き替えが行われており、りくと亀之助の帰宅が遅くなっていることに、誰も気づいていなかった。

ふたりが駆け落ちしたと平兵衛らが知ったのは、職人たちが引きはらった直後である。入れ替わるように裁縫の師匠がやってきて、りくが姿を消したと知らされたのだ。胸騒ぎを覚えた平兵衛が奉公人部屋を検めると、亀之助の私物がなくなっていた。りくの部屋からは、手文庫や小袖帯が消えている。

首尾よく事が運んだかに思えたが、由見にも予期せぬことが起きていた。りくの嫁ぎ先へ届ける持参金のうち八両が抜きとられていたのである。亀之助が持ちだしたに違いなかった。そのことをりくが知っているのかどうかは、由見にもわからないという。

「江戸から離れる路銀として持ちだしたのかもしれません」

「なんと浅はかなことを。逃げおおせるわけがなかろうに」

平兵衛は血眼でふたりを追っているし、関わりのない青柳家まで巻きこむことになってしまった。

「下手したら亀之助は手打ちだ。りくどのは生涯その罪を背負うことになってしまう」

「罪とはなんです？」

勢いよく立ちあがった由見は、菜園に駆けより赤茶の畝（うね）に膝をついた。こかぶの葉に手を伸ばす。由見の細い人差し指を、小さなてんとう虫が這っていた。

「どうして武家のおなごは人を好いて罰せられねばならぬのですか。幸せになるために、なぜ全てを失わねばならぬのですか」

「由見どの……？」

婚姻は、家と家のつながりを保ち栄えるための定めである。町人ならいざしらず、武家の娘が惚れた腫れたで嫁ぎ先をえり好みするなど、武家の定法に反する行為ではないか。

「おりくさまは、身の皮を全て剝ぐような暮らしになってもよいと覚悟を決めました。私はあの方がうらやましく思えたのです」

緑の葉に照った日が、由見の白い横顔にかすかに映る。

もしや、由見はかなわぬ恋をしているのだろうか。りくに自分を重ねたのだろうか。

てんとう虫が羽を震わせ飛びあがろうとしたが、なぜか手の甲から落ちて動かない。由見はそれを摘（つま）むと、地面をつついている雀に放った。雀は器用についばみ、喉をのばして一気に飲みこむ。

言い返す言葉が見つからず、淳之介は由見が読んでいた本を手に取った。

中江藤樹（なかえとうじゅ）の『鑑草（かがみぐさ）』。

嫁ぐおなごが読むべき訓話集である。これまで由見が好んで読んできた稗史や通史とは毛色が違った。振り向いた由見が、「父からはじめてもらった本でございます」と、肩をすくめる。

「節を守って夫を裏切らないこと、嫉妬しないこと、子を健やかに育てること、家人を大切にすること、金銭に執着しないこと。福分は生まれつき身に備わっているそうで、それを磨きあげ、おなごとしての役目をしっかり勤めあげ、子孫繁栄のため尽くさねばならない、と」

膝についた土を払いながら、由見は立ちあがった。

「淳之介さまはどう思われますか？」

「どう、とは……」

「よく学べ、とはありません」

由見が苦笑する。勝気で賢し気な由見らしくない、頼りなげな笑みだった。

「腹が減ったら食べ、おかしなことがあったら大声で笑い、人を好いたら添い遂げる。そんな当たりまえのことができぬ私たちは、なんとも哀れでございますね」

淳之介は由見の真意を読み取れず返事に窮した。「私たち」に淳之介自身も含まれているのだろうか。臆することなく淳之介を見つめる由見の瞳が潤んでいるが、それは木々の梢に降りそそぐ日差しのせいだと思った。そう思わねば、若い淳之介は勘違いをしてしまう。膝の上の拳に力を入れた。胸の底から湧きあがる想いが口から出ないように。

「憂いなく、青柳のもとへ嫁ぐことが由見どのの幸せだと思う。おれは、それ以外の答えを知らない」

「あら、降参でございますか？」

「ならば、正しい答えとはなんなのだ」

由見はそれには答えず、縁に戻って腰をおろすと、淳之介が持参した『源氏物語忍草』を手にとった。しばらくの沈黙ののち、由見がりくの居所を教えるとぽつりと言った。

「私たちは秘密を有する友ですものね。隠し事があってはなりません」

そうだ。由見とは友なのだ。

青柳の明朗な笑みが脳裡に浮かぶ。どんな心持ちで淳之介に頭をさげたのだろう。直情的で人の心の機微に疎いが、底抜けのやさしさを持つ男だ。由見が青柳と添うと知ったとき、彼の妻になるなら由見は必ず幸せになれるだろうと思ったのは本心だった。

「おりくさまは、根岸にある亀之助の知人の貸家に身をよせています」

はっと我に返った淳之介は、由見を見つめた。

「青柳さまによろしくお伝えください。おりくさまが悲しまないよう、ひどい目にあわないようにと」

庭をあとにするとき、由見は『鑑草』と『源氏物語忍草』を二冊重ねて膝に載せ、竹林のむこうをぼんやりと見つめていた。

淳之介は家に戻るとすぐに文をしたため、青柳家まで源次を使いにやった。斉藤家を辞したあと、すぐに八丁堀へ足を運べば手間が省けたが、その気にはなれなかったのだ。

その日のうちに、青柳家の手下たちが根岸へ差し向けられたというが、後日伝え聞いたところによると、りくと亀之助は姿を消していたらしい。

ふたりの足取りは摑めないまま江戸に夏が立ち、季節は足早に移ろいはじめていた。

四

四年前からつづく、月に三度の逢対日は、とかく淳之介を憂鬱にさせる。

朝五ツ（午前八時頃）前から小普請組支配弓削弘光の屋敷へ出かけていき、見向きもされぬまま挨拶をする。「ますますご勇健にて」とこちらが申せば、支配が「御障りものう」と応えるだけ。その一瞬が、茅野家の命運を左右すると言われても、肩の荷が重すぎるというものだ。

役目に就くため顔を覚えてもらわねばならないが、支配は一向にこちらを見る気配がなく、すこしでも興味を抱いてもらおうと長く頭をさげていると、疎まし気に手を振られてしまう。

さらにお市の願いで、「御勘定御入吟味」まで受けるよう申しつけられている。晴れて困難な試験に通れば、百俵ほどの役高ながら支配勘定に立身できるが、こちらも身が入らない。

「淳之介さん、ちかごろはいつもよりもぼんやりしておりますが、来月の吟味はいかがでございますか。重々承知していると思いますが、しかと心づもりはしておりますでしょうな」

吟味の内容は、「算」と「筆」そして「人格」が確かめられるそうだが、茅野家のような下級幕臣が御勘定になれる割は、二十人に一人といわれている。大枠は現職御勘定の惣領に占められていて、しかも金銀により無筆無算で御勘定に成る者も少なくない。

つまり、淳之介が勘定方に採用される割と、小普請組支配に月代の剃り具合を覚えられる割と、どちらが具合がいいかといえば、おそらくお市が小言を言わなくなることと同等くらいの見こみなのである。

「筆は文を写すだけのようですが、算術は苦手です。七桁掛け算など、いかように解けばよいのやら。まったく頭が痛くなります」

「おや、人格は支障なしと？　さすが我が息子でございます」

「……研鑽を積んでまいります」

先日、お市の兄、佐原善之丞が、前回の吟味内容を記した文書を手に入れてくれていた。が、暗記しようにも文字が頭に入らない。結局ごろりと寝転がり、天井の雨漏りのしみを見た。この屋敷はどこもかしこも古びてしまい、人が手をかけてやらねばすぐ朽ちる。そこが壊れた、あそこが擦れたと駆けずり回る己の姿は、身を削り奉公してきた父に重なった。

茅野政平は、寝ても覚めても徳川さまの御為に生きているという信念の人で、武芸学問に打ち込む様は鬼気迫るものがあった。茅野家が禄をいただけるのは、全て徳川の世であってこそ。若い淳之介は、それを堅苦しく思うこともあったが、裏表のない真面目な父を心から尊敬していた。

当時政平は、徒目付の役目として、江戸城本丸の御玄関番士の監視を務めていた。表門に到着する駕籠を所定の場に誘い、登城を円滑に取りまとめる職務である御小人番たちの目付である。

徒目付の扶持は、百俵五人扶持御譜代席であり、南町奉行所の青柳家などに比べたら禄は高いが、出費が多い役目である。源次のほかにふたり武家奉公人を抱え、お市が仕立ての内職をして糊口をしのいでいた。

そんな清貧な暮らしでも、両親は淳之介が立派な武士になれるようにと、家計を工面して習い事に通わせてくれていた。慎ましく平穏な暮らしがその先も続くと思っていたが、淳之介が十五歳になった年の初夏、突如一変してしまったのである。

その日は政平の当番日ではなかったが、季節外れの流行り風邪が猛威をふるい、どの持ち場でも人手が不足していた。当番だった同役の猪原岐山も床からあがれぬ病状となり、加番として泊番にあった政平が、そのまま御玄関番らを監視することになったのである。

やがて宮門跡寛永寺輪王寺宮の使者と、准門跡東本願寺の使者が登城した。本来は、格上にあたる宮門跡方の駕籠が玄関正面に横づけされる。続く准門跡方のそれは、一間ほど手前にとどまり、使者は草履をはいて玄関まで歩いて進むのが決まりになっていた。

二挺の駕籠は、時を違えて玄関に到着する手はずだった。しかし宮門跡方が路の途中で猫の死骸に出くわし、穢れを避けるため大まわりをして城に到着した。そのため准門跡方の到着と重なってしまったのだ。

慌てふためく番士らも、急遽呼びだされ慣れない玄関番を仰せつかった面々である。それらを差配する組頭も手一杯となり、手隙きの政平が、役目違いながら玄関横まで進み出てきた駕籠を止め、使者を降ろすことになった。続いて、後方に控える駕籠に平番士を向かわせ、そこから歩いてくるよう誘わせた。

その時、後方の駕籠に付き添っていた供が激昂した。

「輪王寺宮様の御使者を歩かせるとはなにごとか！」

政平は愕然とした。格下の准門跡方の使者を、玄関真正面に降ろしてしまったのだ。手前で止まることなく進み出たその駕籠を、疑いなく玄関前に止めてしまったのは、政平の失態であった。

輪王寺は、東照大権現家康公の東照宮や、三代家光公の大猷院廟が建立されている由緒ある門跡だ。その座主である輪王寺宮の顔に泥を塗ってしまったのである。

政平は役を解かれ、逼塞を命じられた。夜は潜戸から人目につかないよう出入りすることはできたが、政平がお市や淳之介にそれを許さなかった。

駕籠事件の日に役目を代わった猪原が、十日後、酒を手に潜戸をたたき訪ねてきた。

猪原はお市が甘いものを好むと知っており、かねてより上等の茶や菓子を差しいれたり、淳之介に自宅にある書物を手土産にしてくれたりしていた。猪原自身に子はなく、淳之介を我が子のように思えると可愛がってもくれた。猪原の内儀は数年前から病に臥しており、子は望めない。甥を養子に迎えることになったそうで、友が苦難にあるときに手放しで喜ぶことはできないがと恐縮するような気づかいの人だった。

「そのように暗い顔を母に見せるでないぞ。御頭（おかしら）はあらぬ疑いをかけておるが、だれもがあいつの生真面目さを知っておる。ちかく父の謹慎はとかれるであろう」

と、猪原は帰り際にはいつものように、淳之介に力強い言葉をかけてくれたのである。

だが父の謹慎がとかれる気配はなかった。尋問にやってくる徒目付組頭の鎌田（かまた）は、猪原の懸念通り、政平が准門跡方から賂（まいない）をもらい、格上の場に駕籠を誘導したのではないかと疑っているようだった。

その追及は日増しに激しさを増していた。しかも、暗に自ら決着をつけろという口ぶりである。政平が自ら命を絶てば、茅野家は改易を免れるかもしれない。そんなのは嫌だと政平にすがりたかったが、生への未練は許されなかった。貧しい御家人（ごけにん）とはいえ、生まれ落ちたときから淳之介には武家の血が流れている。あがいたところで、死ぬことを恐れてはならないと胸の内では知っていた。

でもだれかに質（ただ）したかった。駕籠の位置がわずか一間ずれただけで、人は死なねばならぬのか。そう疑問に思ってしまう自分は武家としての資質に欠けるのか、と。

それから数日たった閏（うるう）四月十六日。佐原善之丞も父を見舞いにやってきた。この伯父はお市同様生来のおしゃべりで、謹慎して世情から切り離されている政平たちに、見聞きしたことを面白おかしく話してくれた。

とくに淳之介が興味を持ったのは、浦賀に来航したイギリス船が、周囲の測量をしていたと聞かされたときだ。異国船に関心を向けた息子と対照的に、政平は激しい不快感を示した。憮然と「夷賊め」と吐きすて、異国の船が我が神国を脅かすなど、なんと汚らわしいと首を振る。その口ぶりは、驚くほど卑屈に聞こえた。

淳之介が尊敬する父は、決して他者を貶めることのない崇高な人であった。が、積日塞ぎこんだ暮らしの中で心が深く沈んでいたのである。そんな父の焦燥感を、若い淳之介はおもんぱかることができなかった。

「父上ともあろうお方が、異国船に恐れをなすのですか？　そのような存念だから、お役でへまをするのです」

すぐに善之丞が淳之介をたしなめたが、政平は息子の生意気な言葉に反論することはなかった。

久しぶりに政平が酒を口にしたのは、その二日後の夜のことである。その日も猪原が訪れており、いつもより長く話をしていった。政平は友を見送ったあと、もうすこし呑みたいとお市に告げたらしい。母が台所で嬉しそうに肴をしたくしていた。

淳之介は、先日の異国船の件で父を詰ってしまったことを謝りたかったが、機を逸していた。酒を呑むほど気が和らいでいるなら、あすの朝一番に父に頭をさげよう。

異変に気づいたのは源次だった。行灯の油を注ぎ足すため座敷に入ると、政平はそこにおらず、厠かと縁に出てみると、庭先で丸まりうめく政平を見つけたのである。

お市と淳之介が駆けつけると、政平は震えながら腹に脇差を突き刺していた。お市が夫に駆けよる。淳之介は土の冷たさを足裏に感じながら、一歩も動くことができず震えていた。

腹を切っただけでは死にきれない。それは父も承知のはず。最期に武士として切腹することこそが、徳川家に詫びる唯一の方法だと思ったのかもしれない。

政平が「介錯」と声を絞りだした。月明かりに照らされたお市の顔は、驚くほど無表情で、夫から言葉を受け何度もうなずく。そして、立ち尽くす淳之介に向かって、「景光を！」と叫んだ。

父の部屋には、祖父の代から伝わる刀工景光の業物がある。淳之介は座敷に駆けあがった。刀掛けから景光を摑みとる。鞘がカタカタと鳴っていた。庭に戻ると手の震えはさらに大きくなり、身を抜くことなどできそうにない。するとお市が淳之介の手からそれを取りあげた。

「私が介錯いたします！」

小さな人だ。太刀など持ったこともない。無理でやんす、と源次が鋭い声を上げた。だがお市は刀を離さない。

「これ以上、旦那さまを苦しませてはなりません」

首を落とさねば悶え苦しむときが長くなる。腸は断たれているだろう。土に伏した父の顔は閻魔のように恐ろしく歪んでいたが、目だけは父のものに違いなかった。

いつの間に刀を抜いたのか、構えのおぼつかないお市の腕が揺れていた。重さに耐えきれず、下手をしたら母自身の体を傷つける。

政平が力をふり絞り上半身を持ちあげた。首を伸ばさなければ斬り落とすことができないからだ。口から血を吐き出しながら、正面に蹲る淳之介に手を伸ばしてきた。

その刹那、淳之介はお市に駆けより、景光を奪いとった。源次がお市を抱えてうしろに退る。

青柳と、人に見立てた藁を斬ったことがある。戦場で敵に首を取られるくらいなら、たがいの首を守る技を身につけよう。そんなことを言う青柳が滑稽だった。こんな平穏な世で戦だなんて、と。首の皮一枚を残すのが流儀らしい、などと話したのはひと月ほど前のことだ。

目の前に父の白いうなじがあった。こんなに細い人だったろうか。淳之介の知る父は、剛健でたくましく、常に背を伸ばし徳川の御為に生きる人だった。

歯の奥ががちがちと鳴る。

叫び声とともに景光を振りおろした。首の骨に撥ね返され、太刀を持つ指がしびれた。再度斬りおろすが、刃先は父の後頭部をかすめ、血が噴きだし、おのれの手を染める。腕を振り上げるも、視界が涙と汗でにじみ、どこにおろせばよいかわからない。

体がおかしなほど揺れる。まっすぐに立っていられず、太刀が地に落ちた。淳之介はそれを拾うことができなかった。

すると源次が駆けより、太刀を手にしながら淳之介の細い体を押しのける。尻もちをついた淳之介に対してか、政平に向けてか、源次は「御免!」と叫んだ。

剣が一閃した。息呑む間もなく、父の首がゴツと落ちた。

お市が政平の首に這いより、袂で月の明かりから守るように抱きすくめる。源次は赤子のように転がり声をあげて泣いていた。

淳之介は、血に染まる手をひどく熱く感じた。このまま手が溶けてしまうのではないか、そうしたらもう刀を持つ必要はなくなるのだな、と淳之介は夜風の下で呆然と考えていた。

五

昨夜遅くに降りだした群雨は、一刻激しく屋根を穿ちすぐ止んだ。朝目覚めて道場をのぞいてみると、案の定板間の一部に雨水が染みている。朝餉をとったあと屋根にのぼり、瓦を並べ替えていると、梯子の下から源次の声がして青柳の来訪を告げられた。

離れの濡縁は、すでに日が差し雨痕は消えている。足元の水たまりを避けながら、そこに腰をおろした青柳が、梯子をおりてきた淳之介に、りくと亀之助が見つかったと告げたのだった。五日前の夜半過ぎのことだという。

「五日前というと……」

淳之介のつぶやきに、青柳は大きくうなずいた。

「黒船が来やがった日だ」

嘉永六年六月三日。江戸内海の入り口にあたる相模の浦賀沖に、アメリカ東インド艦隊司令ペルリ率いる軍艦四隻が来航した。大統領の国書を受けとるよう、幕府に要求するためだ。あの日以来、黒光りする艦船から伸びた砲門が、絶えず陸を威嚇しつづけているという。

その黒船来襲の報が駆け巡った夜のこと、御公儀の目が海上に向けられているのを幸いとばかり、佃島の某寺で賽賭博が行われていた。ひとりの男がツボ振りと手を組み賽子に細工をしかけたが、ばれて元締めから制裁をうけたらしい。男は指や頬骨を折られたが、どうにか逃げだし近くの番所に転がりこんで助けを求めたのだった。

助けを求めてきたくせに、男はかたくなに名をかたらず、これは怪しいと身ぐるみを剝いでみると、懐から鳴海家の紋の入った紙入れが見つかったのである。

佃島あたりを縄張りにする親分から「例の中間ではないか」との報を受けた正吉が駆け参じると、はたしてそれは亀之助であったという。

そして寺の辺りを片っ端から調べたところ、亀之助が出入りしていた小さな裏茶屋の奥座敷にりくを発見したのである。

亀之助は、持ちだした八両が底をつくまではりくを手元におき、懐が寂しくなったら売り飛ばすか、娘と引き換えに実家から金をせしめるつもりだったようだ。りくを見張っていたのは茶屋の女主人で、亀之助の情婦(いろ)であった。

正吉がりくを表に連れだそうとすると、はじめはかなり抵抗されたらしい。だが、亀之助がすでにお縄になったと知らされると、りくは憑き物が落ちたようにおとなしくなり、安堵の涙を流したそうだ。

「しかし、りくどのはなぜ逃げようとしなかったのだろう。茶屋であれば客も出入りしていたはずだ。見張りもおなごひとりとなれば、逃げだす機会はいくらでもあっただろうに」

そう淳之介が小首をかしげると、青柳はらしくもなく顔に陰りを浮かべてみせた。

もしかしたら、りくは亀之助から折檻を受けたのかもしれない。逃げたいと思っても、体と心に染みついた恐怖から逃れることができず、徐々に反抗する気力も奪われていく。目に見えない閂(かんぬき)が牢獄を作りあげ、りくの身をがんじがらめにしてしまったのだろう。

それが共に死のうとまで惚れた男の仕業ならば、なおさらだ。

「牢獄のなにが恐ろしいって、考えるってことが億劫になって、最後は生きることすら面倒になっちまうってことなのさ」

もう数日発見が遅れていたら、りくは自ら生きることを手放していただろうと、青柳は安堵の息をついた。奉行所の本勤となってまだ日の浅い青柳だが、日々、罪人や訴人と接しているうちに、人が抱える危うさや脆さを心得るようになったらしい。

本物の牢に叩きこまれ吟味を受けている亀之助は、出来心で紙入れを盗んだことはぺらぺらと話すが、駆け落ちの件に関しては一切口にしていない。ここで鳴海家に引き渡されたら手打ちにされる。盗みを認め重敲(じゅうたたき)を受けたほうが身を守れると算段したのだろう。

　鳴海家としても、娘がこれ以上苦しむことを望んでいない。この先嫁ぐことを考えたら、駆け落ち騒動は、なかったことにしてしまいたい。由見に対してあれほど怒りを露わにしていたにもかかわらず、平兵衛は斉藤家に対し、全てを水に流してほしいと頭をさげてきたそうだ。鶉庵は平兵衛の身勝手さに立腹こそすれ、咎(とが)めることはできなかったらしい。同じ娘を持つ父親として理解はできるし、相持ちをする仲である。

　幸い奉行所の目も浦賀沖に注がれていた。貧乏旗本家の醜聞は、青柳の父の手回しのかいあって、内々にもみ消されることになったのである。

　これまでにも外聞をはばかり、亀之助の罪を不問に付した主家があるのだろう。たかが町人出の奉公人に、先祖代々守ってきた家名を穢されるわけにはいかないのだから。

「きのう牢の見廻りに付き添ってきた」

　青柳の顔見知りの張番(はりばん)によると、亀之助は娑婆(しゃば)に出たらまた初心(うぶ)な女をみつくろうと笑っていたらしい。あの男にとって、武家の体面と女心は、金づるでしかないのだ。

「あんな野郎を野放しになんぞできるものかい」

　青柳が縁に拳をたたきつける。

　口をつぐんだとはいえ、鳴海・斉藤の両家は亀之助に相当腹を立てている。なにか良い知恵はないかと青柳から問われた淳之介は、しばし天井を仰いだ。屋根の上から源次の足音がする。表に目をやると、母屋で畳の目にそって雑巾がけするお市の姿が見えた。ちかいうちに畳の張り替えをするらしい。

鳴海家でも婚儀を控え大掛かりな畳の張り替えと屋根の葺き替えが行われていたという。修繕費と持参金あわせて、かなりの額が用立てられていたはずだが、亀之助が盗んだのは八両だった。

「そこに二両を加えたらどうだろう」

盗みは十両を超えるか否かで罪の重さが格段に変わる。十両の盗みは死罪だ。亀之助も承知ずくでその額を盗んだに違いない。なるほど、とうなずいた青柳だったが、すぐにだめだと首を横に振った。

「虚言でもって打ち首にするなぞ寝覚めが悪い」

「御番所に訴え出るのではない。亀之助だけにそっと耳うちしてやるのさ。これまでの罪を洗いざらい白状せねば、鳴海家から十両盗まれたと訴え出るとな」

とうに金を使い果たしている亀之助は、言い訳もできず大牢(たいろう)内で震えあがるに違いない。そのうち積み重なった罪が明らかになり、相応の罰がくだるであろう。

「そりゃあ妙案だ」

腕組みしたまま唸った青柳だったが、やがて眉尻をたらし、

「よくぞこれほど小賢しいことを思いつく。有り体の侍にはできぬ芸当だ」

と、得意満面の淳之介に言い放った。

褒められたと解釈しようと、淳之介は思った。

年が改まった嘉永七年三月、幕府とアメリカは神奈川条約(日米和親条約)を締結した。これにより下田と箱館が開港されることが取り決められ、二百年あまり続いた鎖国政策は唐突に終焉を迎えたのである。

そのころ淳之介は、縁談を進めていた御広敷添番士浜田忠次郎の娘と、顔あわせをすることになっていた。釣り書きが交わされてからずいぶん時が経っており、結納の前に場を設けようと、仲人とお市が算段したようだ。

湯島の麟祥院へ、蕾がほころびはじめた桜を愛でに出かけ、そこで偶然にも両家が顔をあわせるという段取りまでできていた。淳之介はお市に伴われ、借りてきた猫のように近くの茶屋の座敷で、浜田家一行を待ったのである。しかし、現れたのは仲人と浜田家の家人ひとりだった。それまで上機嫌だったお市の顔が見る間に青くなるのが、隣に座る淳之介には気配でわかった。

ふたりの前で深々と頭をさげた浜田家の家人は、茅野家とは別の縁談話が持ちあがっていると白状したのである。相手は十歳年上で、子持ちの後添いだというが、浜田家の恩義ある上役にあたるため無下にはできない。

「このたびの茅野さまとのお話はなかった事に致したく、平に、平にご容赦くださいますよう」

お市がなぜ今になってと詰めよったが、家人は口を濁してただ頭をさげるばかりである。

「しかたありません、母上」

「でも、淳之介！　こんな仕打ちがありますか」

淳之介も腹は立つ。が、このような事態は覚悟していた。釣り書きを交わしたときに、浜田家から断られなかったのは異例のことだったのだ。政平が役目で不正をして賂を得ていた噂は、時が経とうと消えることはない。それがいわれのない罪だとわかっていても、政平が腹を召した事実は変わらないのだ。

実はこれまでにも幾度か縁談話は持ちあがっていたが、全て先方から断られている。乱心者の家系に娘を嫁がせたいと思う親などいるわけがない。沈痛な面持ちで浜田家の家人に承知のむねを伝えた淳之介だが、こうなって内心ほっとしていた。

先の秋、青柳と由見の婚儀が執りおこなわれた。披露の場での由見は終始穏やかな表情で、緊張した面持ちの青柳とは対照的だった。その時ふと、淳之介は思ってしまったのだ。

なぜ、由見の隣が自分ではないのだろうか、と。

縁側で隣に腰を掛けていたころが遠く懐かしいものになり、淳之介の想いはぱたりと本を閉じるように終わりをむかえた。その痛みはまだじくじくと胸の奥にとどまり、しばらくは自分の隣は空席でよいと思っていたのだった。

六

「母上、巣箱にツグミがまいりました。あと、茅野のおじちゃんも来ました」

百日紅の木に据えた巣箱を見あげていた鉄太郎（てつたろう）が、垣根越しに目の合った淳之介の来訪を告げる。青柳家の長男鉄太郎は八歳の齢のわりに、父に似て体軀ががっしりとしてたくましい。つぶらな黒目は母に似て柔和で、弟とあどけない笑い声をあげている。

おれは鳥のお供かと苦笑しながら、淳之介は青柳家の木戸門をくぐった。

文久（ぶんきゅう）元年（一八六一年）もあとすこし。霜月（しもつき）も半分が過ぎると、朝晩の冷えこみがいっそう厳しくなり、寝間から這いでるのが億劫になる。だが庭の草木がしっとり夜露に濡れ、雲母（うんも）のように煌（きら）めく様は、この時期しか見られない光景だ。

今朝は顔が引きつるほど部屋が冷え、自分のくしゃみで目が覚めた。伝通院西の三百坂から、茅野家の菩提が弔われる霊岸島（れいがんじま）の寺まではほどほどの距離がある。午過ぎまで櫓炬燵（やぐらこたつ）にもぐり寝転がっていたが、さすがに父の月命日に怠惰はいけないと、重い腰をあげたのだった。

無理やり出歩く気力をふり絞り、父の墓前に花を手向けた。その足で八丁堀へ立ちよったのは、岡っ引きの正吉から青柳家へ顔を出してもらいたいと言付けを受けていたからだ。

呼びだした青柳本人は、まだ奉行所から帰宅していなかった。先日皇女和宮（かずのみや）が江戸入りし、その長蛇の行列についてきた諸国のならず者が江戸市中にたむろしている。混乱に乗じて江戸へくだってきた攘夷浪士らの探索に、奉行所は駆けまわっているらしい。

「夕餉までには戻りましょう。中でお待ちください。このままお帰ししたなどとあとで知れたら、旦那さまに叱られます」

くつろいでくださいと言い残し、由見は台所へさがっていった。

青柳が由見を叱咤するなど想像できない。あれは内儀に心底惚れている。むしろ、こうして留守のあいだに由見とふたりきりで話をすると、あとでちくちく嫌みを言われるのが面倒なくらいだ。

磨きあげられた縁に腰をおろす。小さな庭で遊ぶ二人の男児をながめていると、きんと冷えた風が縁側に吹きこみ、床の間の投げ入れに活けた南天（なんてん）が揺れるのが見えた。地袋の上に何冊か書物が積まれており、首を伸ばして表紙をみれば、あの『鑑草』である。

勝手知ったる他家とばかり縁から室内に入り、それを手に取った。はじめて目にした時より表紙がくたびれている。のちに知ったことだが、カガミグサとは、カタバミの別称だという。庭の植木や草花の育ちをはばむ雑草だが、その繁殖力から武家の紋章に使われることが多い。

手垢（てあか）が付いているが大事に読まれているのが分かる。数丁めくったとき、由見が炭を入れた炭（すみ）斗（とり）を手に襖をあけた。火鉢に炭を足して火種をさぐる。ふと火箸を止めた由見は、淳之介の手元を見て薄く笑った。

由見がそっと白い手を差しのべてくる。受け取った本を膝の上に置き、由見はそっと表紙に手をあてた。娘時代をとうに過ぎ、水仕事で荒れた指は由見の暮らしを刻んでいる。しっかりと地に足をつけた女の手だ。ふいに、その指先にてんとう虫が這う光景が見えた。「どうして」と無念をにじませた横顔は、いつしか子を守る慈しみと、武家の妻としての覚悟に彩られ逞しい。

それに引きかえ、おのれは縁遠いまま年を重ねてしまった。男というものは、どうにも時の変化に応じられぬ生き物らしい。

淳之介は顔を背け、地袋に目を落とした。剣客の指南書や、弓射や兵法に関する書物が積まれている。青柳の好みそうな本だと手に取った。

「あっ」

淳之介は束の中ほどに挟まる一冊の本に目を留めた。

『源氏物語忍草』

反復して読まれている『鑑草』に反して、その小口に汚れはない。手をのばした淳之介だが、由見の視線を背に感じ拳を握った。

冬の乾いた風が庭の枯れ葉を巻きあげている。鉄太郎たちが棒切れを手に打ちあいをしていたが、風が吹きすさぶたびに目をとじて身を震わせた。それでも闊達に遊びまわる姿は、淳之介の心を過ぎし日から今に引き戻してくれる。

青柳の本をもとに戻し、冷たくなった指先に息を吹きかけながら火鉢の前に座して手を焙った。

差し向かいの由見が、そういえばと口をひらいた。

「旦那さまは、私と茅野さまが本のやり取りをしていたのをずっと知っていて、だんまりを決めこんでいたようです」

「らしいのお。除け者にされたと文句を言われたことがある」

「なぜ、私たちのことを知ったのかお聞きになりまして？」

そういえば、滅多に塾に顔を出さなかった青柳は、どうやって由見との本の貸し借りを知ったのだろう。仏頂面で牽制してきた青柳だったが、りくの騒動がうやむやにされて以来、その件にも一切触れてこない。

「正吉が耳こすりしたのではないか？」

由見は袂で口を覆い、首を横に振った。

「斉藤の父が釣りに出かけるときを見はからって、私の機嫌うかがいに参っていたそうです。でも、そのたびに茅野さまがおられ臍を噛んだと」

「悔しければ声を掛けて交じればよかろうに」

「幼いころから、学問に関しては茅野さまに勝てる気がしなかったそうですよ」

負けず嫌いの青柳が、どの面をさげて内儀に白状したのか。それを思うと、おかしさが湧いた。

由見もつられて笑う。

本談義をして笑いあっていたころとはすこし違う大人びた笑顔だが、頰にできる小さなくぼみは変わらない。

子どもたちが門の下で風の気まぐれに身をあずけ、走りまわりながら声をあげている。

「母上、茅野のおじちゃん」

鉄太郎が呼びかけてくる。

「ツグミがお空へ行ってしまいました」

もう帰ってこないのかな、と寂しそうにつぶやく鉄太郎に、由見は「まことの家にもどったのですよ」と告げた。

淳之介は鉄太郎の指差すほうを肩越しに見つめた。

絡まりあいながら羽を擦(こす)りあわせる二羽のツグミは、しばらく上空にとどまっていたが、やがてなにかを振り切るように、あかね空のむこうに飛び去っていった。

千鳥啼く

一

チチ、と鳥のさえずりが聞こえた。雪雲が垂れこめているのか、ずいぶんと鳴き声が近く感じる。

鼻先がひどく冷たくて、掻い巻きを頭まで引きあげようとしたが、からだが動かない。薄目をあけると、薄い胸の上にあどけない女の顔があった。一馬にのしかかるように眠るのは、新橋の料亭「鳥笈」でなじみになった、芸者の舟吉だった。ここは隠れ貸座敷も営み、なじみになれば居続けることもできる。舟吉の濃い紅は拭われ、白粉も落ちていた。撥を持てば大人びた娘だが、あいた口からのぞく白い歯に幼さを感じる。次の春で二十一になるから、置屋では年増だとぼやいていたが、一馬の目には若さが眩しくはじけて見える。

舟吉をそっと横にのけると、長いまつげが震えて、細い目がすっとひらいた。

「笠井の旦那、もう引きあげるんですか？」

身じたくをはじめると、舟吉も床から離れ、慣れた手つきで男の着物をあつかう。一馬のうなじに舟吉のしなやかな指が這うと、胸のずっと奥がむず痒くなった。

「そういえばね、旦那。こんど千鳥を見に芝浦まで足を延ばすんですよ」

「ほう。この時世に景気のいい話だな」

「旦那は千鳥を見たことがある？」

「夜になると、家の前を千鳥足の御隠居がふらふらしておるなあ」

洲崎、芝浦、行徳など、佳景の地には楼を構えた料理屋が軒をつらね、千鳥の鳴き声に耳を澄ませながら酒を呑むのが、風流人の過ごしかただった。

「舟吉の客には粋な御仁がおるようだ。大店の旦那かどこぞの藩の御留守居役か？」

「いいえ。吉野さまは御国もない素浪人。でもどこぞからお手当をいただいているそうで、しょっちゅう新橋にお仲間を連れてきちゃあ、銭金ばらまいていきなさる。夏にはわっちら芸者を目黒へ蛍狩りに連れて行ってくれました」

あれは夜空の星みたいに、じんわりと瞳に焼きつく灯りだった。そうやって頬を赤らめるところは下町の娘と変わらない。

舟吉は浪人の娘だったが、幼いころふた親を病で亡くした。六年前、養父でもある叔父に手籠めにされかけ、家を飛びだしたという。橋の上で泣きじゃくっているところを、置屋の主人に拾われた。もともと三味線は達者で、声も水気があってよい。武家の血を引くせいか、憂いのある目をするのが旦那衆に好まれるようだった。流行っ妓だから伝手がなければ座敷に呼ぶことができない。

「すまんのお、私は簪ひとつ買ってやる銭がない」

「あれ、拗ねているんで？　このあいだ赤膏くださったじゃないですか」

白い手を見せてころころと笑う舟吉は、雪が降る前にまた三味線を聞いてくださいな、としなだれてくる。

「舟吉の指にしもやけができないうちに、また参る」

それから三日ほどして江戸の町にみぞれ交じりの雪が舞った。降ろうが降るまいが、会いに行こうと考えていた。約束を破るとふてくされる舟吉の顔を思いながら鳥笈に出向くと、店の主人から舟吉は別の座敷に出ていると告げられた。

「仕方ない。出直すか」

「あ、笠井さま、しばしお待ちを。じつは舟吉の座敷におられる客人から言付けがございます。笠井さまがいらしたら同席を願いたいと」

「異なことを申す御仁だな」

同じ芸者に執心する者が同席して長閑（のどか）に呑めるものかと切り返す。

そのとき二階から酔客がふらつきながらおりてきた。黒光りする板間に座っている主人の背後に絡みつき「舟吉はいつも先客がおる」とぼやきだす。表に控える下男が酔った主（あるじ）を抱えて帰っていくと、鳥笈の主人は額（ひたい）に脂汗を浮かべて、あたりをはばかるように、一馬ににじりよった。

「そのお方は吉野さまと申しまして、志はあるが拠無（よんどころな）く野（や）に埋もれる同志を集（つど）い、学びの場を開いております」

「志ねえ……」

迷う一馬の背後で、玄関の戸が開き、店の下男が「雪がひどうなりました」と言って駆け込んできた。主人は、「雪ですかあ、そりゃあ帰るのは難儀ですなあ」とわざとらしく眉尻をたらす。

「暇つぶしにちょうど良い。その男に会ってみようか」

もみ手の主人に案内された奥座敷には、浅黒いひとりの武士(さむらい)が待ちかまえていた。鼠色の平生(ふだん)扮装(なり)に無精ひげの無骨な面構えである。鬢(びん)に霜のように白いものが混じっているが、猪口(ちょこ)を持つ手の甲は張りがあり、三十路にいかない齢に見えた。

「吉野政介(せいすけ)と申す」

——これが千鳥の吉野か。

舟吉が三味線の糸巻に手をかけながら、一馬に赤い目元を流してよこした。

吉野は主人に目くばせし、舟吉とともに席を外させた。ふたりきりになると、あらためて一馬を見つめ、自分の猪口を空(から)にして一馬に差し出し酒を注いだ。一馬は口をつけず吉野と相対する。

「そう身構えるな、笠井どの。そこもとの噂は舟吉から耳にいたしておってな。一度ゆっくりこの国の行く末を論じあいたかった」

「それがしは無駄飯食らいの厄介者でございますぞ」

「いやいや、ずいぶん博識だと。いずれで学んだのか」

「恥ずかしながら、私塾を開いておりました。門下生もおらず、今はこうして親のすねをかじり呑み歩く日々でござる」

それは願ってもないことだと、吉野は膝をたたいた。ちかいうちに仲間内で会読(かいどく)がひらかれるが、ぜひ議論を交わしてほしいと言う。差し出された猪口を手にしたまま、一馬は悩むそぶりをした。

「どなたが主宰している集まりなのだ」

「われら『仁令会(じんれいかい)』は小梅村の思誠塾(しせいじゅく)の分校だ」

「まさか大橋(おおはし)先生の塾か」

「さよう」

思誠塾は尊王論を説く儒学者、大橋訥庵の私塾である。以前は日本橋でひらかれていたが、安政二年（一八五五年）の大地震で家屋が潰れ、向島の小梅村に塾を移した。

仁令会は、思誠塾の思想はそのままに、さらに門戸を広げ真の攘夷を目指すため人を集めているらしい。料亭や女郎屋、剣術道場から矢場まで網をはり、尊王攘夷をさけぶ同志を見つけ声をかけているのだと、熱いまなざしで一馬に説いた。

「舟吉によると、そこもとは国学が潰えるのは忍びがたいと嘆いていたというではないか」

鳥笈に通いはじめた半月前から、一馬はことあるごとに異国の文化に日本が侵食されることへの不満を口にしてきた。舟吉から「笠井の旦那は大の異人嫌いですなあ」と呆れられていたが、その布石がうまく功を奏したようだ。

「そう気負うことはない。みなの目的は、会のあとでひらかれる酒宴だ」

一馬は酒を一気にあおった。下り酒でのど越しがよい。するりと入った酒は胃の腑をギリリと締めつける。

――ようやく連中の懐に入ることができた。

笠井一馬こと茅野淳之介は、酒の香りとともに安堵の息をはき、猪口を吉野に差し出した。

二

南町同心青柳梅太郎から密命を受けたのは、遡ること半月前。霜月が下旬に入ったころのことである。

小石川の三百坂までやってきた青柳は、岡っ引きの正吉だけ伴い、中間をつけていなかった。他言無用の役目があるときは、信のおける中年の腕利きしか従えてこない。

教場に上がりこんだ青柳の目の下には、濃い隈ができていた。ここ数日、御番所に連れこまれる不逞の輩が後を絶たず、町廻りの中で年若の青柳がこき使われ、些末なコソ泥まで取り調べをするはめになっているらしい。

「相変わらずやっかまれておるな」

「なまじおれが有能ゆえ」

嫌味に聞こえないのは、青柳がそれを体現しているからだ。

青柳は二十代半ばで定町廻りに抜擢された。生真面目で腕っぷしの強い青柳ならば、三十代で町廻りになるだろうと噂されていたが、時勢がそれを早めてしまったのだ。

安政五年秋、江戸で渡来の疫病「コロリ」が猛威を振るった。奉行所も例外ではなく、熟練者が多く命を落とし、人手不足に陥った奉行所は、後継の補充と育成が急務となった。質実剛健で町人から人望もあった青柳は、コロリで命を落とした父の跡を継ぎ、異例の出世を遂げたのだった。

この役目を担うには若すぎるため、ひがみねたみそねみは日常茶飯事。先例・先格を重んじる奉行所では、才覚など取るに足らぬものと一蹴される。それを実績で黙らせるのが、この男の豪胆極まるところだった。

「朗報、とは言いがたい。緑松襲撃で逃げた男が死んだ」

ひと月前、淳之介が開く私塾「鶉居堂」の門下にあった茶問屋緑香堂松三郎が、攘夷浪士に襲撃される凶事が起きた。異国相手に商売をする松三郎への天誅である。

そこに居合わせ、乱闘の犠牲になったのが、淳之介のもとに字を習いに来ていた九歳の喜七だった。

この襲撃を企んだ浪士のうち、蓬髪の男は焼死し、淳之介が斬った鼬顔の男が姿を消した。手傷を負った鼬男は新橋の医者のもとに転がりこんだが、間もなく死んだという。やがてその医者も江戸から姿を消してしまった。

「やつらの根城を突き止めたのが、あっしの手下のひとりでやしてね。医者の素性を探ろうとしていたところ、女房ともども何者かに殺されちまいやした」

縁に座っていた正吉が拳をにぎりしめた。

折り悪く、手下が殺された日が皇女和宮ご入城と重なった。奉行所は自ら慶事を穢すことはまかりならぬと、表向き押しこみで片をつけたという。死んだ仲間の意趣返しに違いないと、正吉は唇を噛んだ。

青柳は探索を上申したが、年番方から、くれぐれも城下で攘夷浪士らを刺戟するなと念を押され、表立って動けずにいる。

「奉行所の上役どもは、コロリがなけりゃあ万年番士で終わるような連中だ。尊王攘夷を叫ぶやつらが、紙を墨に浸すみてえに、じんわり江戸の町も人の心の色も変えようとしているのに気づきもしねえ。いや、知っていてもなにもしねえと決めこんでいやがる。このまま無事お役目を終えて暇金をもらって、息子に代を譲れりゃあ重畳だってな」

止まぬ上役への文句を受けながら、これはかなり疲れているなと、淳之介は思った。奉行所内で四面楚歌である青柳にとって、淳之介だけが弱みや愚痴を吐きだせる唯一の友なのだろう。

「先だって、鼬男を診たその医者が、新橋の小料理屋でひんぱんに吉野という浪人と会っていたのをつきとめた。表むきは国学の会読とうたっているが、実のところ攘夷浪士の同志を集っているらしい」

淳之介たちを狙ったふたりも、その吉野の仲間だと青柳は見立てている。

「なにやら物騒なことが起きそうだな」

「やつらに近づいて探りを入れてえが、奉行所はみな顔が割れている。それに引き替え、おまえは死んだ者以外に面識はない。そこで……」

「おれが連中の懐に入り仔細を探ろう」

少しの沈黙ののち、青柳は深くうなずき、ちらと梅の木に目をやった。青柳がこれほどまでに身をやつして走り回っているのは、淳之介同様に、なにかに没頭していなければやりきれないからだ。

青柳から鼬男が絶命したと聞かされ、心の内が晴れるかと思いきや、逆に腹の奥がずんと重苦しくなり、憤りがさらに大きくなっていた。

淳之介の役目は、吉野が通う料亭「鳥笈」に出入りする芸者に近づき、怪しまれず吉野の懐へもぐりこむことだった。

その芸者はまだ若いが、踊りも三味線も芸が立つ。文人墨客から浪人風情まで顔が広く、吉野はその女を介して同志になりうる人材をよりぬいているらしい。

翌日正吉に連れていかれたのは、下谷広小路の山奥屋（獣鍋屋）である。猪肉の独特な獣臭は、慣れると妙に食欲をそそる。二階の座敷に通されると、すでに身なりの良い四十がらみの商人が待ちわびていた。

「雁丸屋作次郎でございます」

雁丸屋といえば、寛永のころ、谷七郷と呼ばれる鎌倉河岸に創業した老舗の酒屋である。白酒がめっぽううまく、時折ここの酒と田楽を食うのが、淳之介の楽しみのひとつになっていた。作次郎は酒で腹の中も潤っているように恰幅がいい。

「まさか、雁丸屋が御番所の……？」

「茅野の旦那、だれが聞き耳を立てているかわからねえ」

口に指をあてた正吉が、襖のむこうをにらみつけた。

「親分かまわないよ。ここは、あたしの息がかかった店ですからねえ。この部屋の両隣は人払いをしております」

雁丸屋は新橋の料亭や女郎屋に酒を卸し顔がきく。鳥笈や置屋には、すでに知己の息子を連れていくと、話をつけてくれていた。あのあたりは今や幕府にとって足元を脅かす火薬庫のような場所で、作次郎も商いには細心の注意を払っているという。

「西国の浪士たちが寄り集まる新橋は、御公儀と縁が浅く、肩肘張らない土地でございます。ゆえに無頼の輩が多く集まるようでございますなあ」

吉原や柳橋では、田舎侍は野暮だと相手にされないので、自ずと新橋に流れてきたのだろう。

「あなたさまはこれより先、御先手組頭笠井征四郎の御次男を名乗っていただきます」

「その名を貸してくれるお方は、この度の件、承知しているのかい？」

「実は御次男は、数日前に亡くなられたのですが、まだ届けを出しておりません」

それも皇女の御降嫁が関わっているらしい。一行が江戸へ到達する直前、本物の笠井一馬が病死した。ここで届けを出せば晴れの警護の障りとなる。服忌の定めにより近親者に不幸があれば喪に服さねばならない。是が非でも役目につきたい笠井家の当主が、次男一馬の死去を親戚ぐるみで隠し通している。よって、年明け二月に家茂公の婚礼が行われるまで届けが出されることはない。

潜入している間は、宇田川町に用意された仕舞屋に身をよせ、攘夷浪士の動きは、身の回りの世話をする老女に逐一知らせることになる。金春人道へ向かう道すがら、作次郎は酒の仕こみ方を教えるような口ぶりで、淳之介に段取りを説いた。

「どうせ身を偽るのであれば、羽振りの良いお目見や、孤高の剣客にでもなりたかったものだ」

緊張をほぐすために淳之介が軽口を叩くと、ふたりの背後から足音も立てずついてきていた正吉が、そっと淳之介に耳打ちした。

「茅野の旦那は浪人に扮するにゃあ英気がたりねえ。頭をさげて本代をせびる厄介くらいがちょうどいいと、青柳の旦那が言っておりやしたぜ」

「……」

汐留川にほど近い芝口新町に着くと、正吉は姿を消していた。

あたりは深川の町よりも、僧侶や武士の姿が多く往来している。新興の盛り場ながら、料理屋や仕出し屋の看板が多くみられ、どこも人で盛況である。深川はすでに廃れ、新しい流れが新橋や芝のあたりに生まれつつあるのだろう。

「鳥笈」の暖簾をくぐると、奥から細面の主人が現れた。

「はいはい、こちらが雁丸屋さんのお得意さんでございますな。三味線の上手い芸者をご所望とのことでしたので、ちゃんと舟吉を呼んでおりますよ」

そして淳之介に向かって、

「舟吉は立方もそりゃあ美しく、うまくいけば床も絶品でございましょうぞ」

と、下卑(げび)た笑いを浮かべた。

作次郎と座敷へあがり、しばらくたってすっと襖が引かれた。

「こんばんは雁丸屋さん。本日はありがとうございます。舟吉でございます」

しっとりとした声がして、淳之介は手焙(てあぶ)りしていた火鉢から顔を上げた。

島田髷(しまだまげ)に、裏模様の着物の長い裾を引き、帯は菱(ひし)模様で文庫結びである。短い前ざしは華やかな菊の錺(かざり)細工で、艶のある髪を引き立たせていた。

はたして、三味線を抱え座する舟吉と目があったとき、淳之介はしまったと天を仰いだ。おそろしいまでに、淳之介好みの女だったのだ。

三

吉野主宰の会読は、戌(いぬ)の刻(こく)（午後八時）から、鳥笈の二階で行われる。淳之介が会にはじめて顔を出したのは、文久(ぶんきゅう)元年十二月十七日のことである。鳥笈の客となり、ひと月近くたっていた。三百坂では、母のお市(いち)と中間の源次(げんじ)が、せわしく新年のしたくをしているだろう。家中ひっくり返さんばかりにほこりを叩(はた)き出す勢いの母には、暮れには戻ると言ったきり。あとの始末が恐ろしい。

襖を取り除いた二間の座敷に、十二、三の士人がいくつか島をつくり座っていた。初見なのか、存じよりの者で固まっているのか淳之介にはわからない。店の下男が火鉢を運びながら、男らと言葉を交わしていた。

吉野の周りにはひっきりなしに参加者が集っている。その中のひとりが部屋を見渡し、男たちに写し物を回しはじめた。内田万之介と名乗り、床の間を背にして仁王立ちになる。吉野は内田の横で目をとじ、腕を組んだまま動かない。

淳之介は、男たちの真ん中あたりに分け入り腰をおろした。回ってきた写し物に目を落としたとき、内田が声を震わせ「東照神君」と叫んだ。

「かつて東照神君家康公は、広く臣下に意見をつどい、いまに至る日の本の仕組みを作りあげた。この会は、大橋訥庵先生が参議（一橋慶喜）どのに上申するため、広く意見をつどう場となりえる。みな、忌憚なく意見を交わしてほしい」

「この期におよんで意見とは！」

淳之介の右隣から怒声が響いた。角ばったえらをもつ総髪の浪人が、鼻息あらく腰をあげる。宇都宮の郷士、名護仁左衛門と名乗った。

「吉野どの、われらは御公儀に攘夷を質すためここに参った。このようにのんびりと本を読むためとは聞いておらぬ」

畳をたたく音があちこちから響き、男たちが名護に首肯した。

「戊午（一八五八年）に水戸へ下された勅諚は、井伊の条約締結を認めぬと公にした天子さまの御心であったはず。井伊に天誅がくだり世は攘夷に向かうと思いきや、御公儀は皇女和宮さまを人質とし愚策を正当化しようとしている。これについて、大橋先生はなんと申されるや」

名護の勢いに押された内田は、座したままの吉野に助けを求める。しばらくの沈黙のあと、吉野がおもむろに立ちあがった。

「いまだままならぬ身の上にあられる参議どのを擁して挙兵し、攘夷を達成させる」

座敷の気がカッと張り詰めた。一気に息をはく音と歓声にちかいうめき声が満ちる。

参議一橋慶喜は、徳川御三家のひとつ水戸藩の前藩主、烈公斉昭の七男で、御三卿一橋家の当主だった人物である。その尊顔を仰いだものはすくないが、神君の再来と言われる英物であるという。

四賢侯と称される福井藩前藩主松平春嶽、宇和島藩前藩主伊達宗城、土佐藩前藩主山内容堂、薩摩藩主の父である島津久光らが、この困難な皇国を救える人物は一橋慶喜しかいないと推していたが、先の安政の大獄で、久光をのぞき隠居や謹慎の沙汰をうけていた。

井伊直弼が桜田門外で殺されたあと、順次謹慎は解かれているが、肝心の一橋慶喜だけは江戸屋敷に自ら引きこもったままである。

「夷狄を追いはらい、不平等な通商条約を破棄しうるのは、参議どのを措いてほかになし」

そう声をあげたのは、淳之介の斜め前に座る、眼鏡をかけた小柄な男だった。

「よく申した浦木」と、名護が声をかけるところを見ると、ふたりはすでに顔見知りの間柄のようだ。

淳之介は、あらためて写し物に目を落とした。書き出しは、「『闢邪小言』ニ於」とある。

儒家の大橋訥庵が安政四年に書いた尊王論を説いた書物から抜粋された一節だ。すでに幕府が開国へ舵を切っていたさなかに、激しく異国文化を批判し、これが時流に乗って大層売れたという。

吉野が男たちを見わたした。

「大橋先生は和漢学問がこの日の本より消え去ろうとしていることを、誰よりも憂いておられる。蛮人の属国となる道を選んだ幕閣は、破滅への道をたどるだろう、と」

「長井のような売国奴がおるから国が乱れる。天誅をくらわせえ」

口を挟んだのは、後ろの壁によりかかる弱冠とおぼしき青年だった。眉秀たる美丈夫で、武人というより勘定方に在籍してもおかしくないほど色白である。

「そなた、水戸訛りじゃが常州の生まれか」

名護が片膝を立て身をよじり背後の男にたずねた。男は小さくうなずき「春川庄助」と短く答えた。

淳之介の周りから床をたたく音が響くと、吉野が静粛にと手をかかげた。

「春川が申す通りだ。世に通じる公吏にへつらい、愚策を建白した長井雅楽は、天子さまの御心をわずらわせた害悪である。そしておそらくは、安藤対馬守がそそのかしたのであろう」

長井雅楽は、『航海遠略策』を建白した長州（萩藩）の重鎮である。

長井は、朝廷が幕府に要求している破約を稚拙であると論じ、公理、軍事力双方からみても攘夷はすでに机上の空論であると断じたのだ。自ら外洋へ出て通商を積極的に行うことは、国力を高める足掛かりとなる。大国に肩を並べるためには、必要な手段であると進言していた。

つまり、大橋訥庵とは真逆の、攘夷派にとっては許されざる思想というわけである。さらに安政の大獄で召喚された吉田松陰の、江戸送りの使者として選ばれたのが長井雅楽である。尊王攘夷派からは恨みの的となっている人物だった。

「一年前、先の外国奉行堀利熙どのが御自害あそばされたが、これはまさに安藤への抗議。異国との条約締結を拒絶せんとする堀どのに対し、幕閣がその職を追い自刃へと追い込んだのだ」

堀は、条約締結の全権を担うひとりだったが、ここにいる攘夷派たちは、堀が本心に反してその役目を負い、抗議として自ら死を選んだと信じている。実際は、他国への内通を疑われ自刃したのだが、そのすべてが彼らにとっては陰謀のように映るのだろう。

「なんという暴挙。安藤ほどの佞臣は、この国を亡ぼすだろう！」

名護が膝をたたきながらさけぶ。勢い淳之介の背にぶつかった名護は、黙ったままの淳之介の存在にようやく気がついたようだった。

「おぬしはいずれの御家中か」

「御先手組頭笠井征四郎が次男……笠井一馬」

「旗本の厄介者か。きさまらのように寝転がって禄を食いつくす輩がのさばるゆえ、江戸は腐りきっているのだ」

名護が軽蔑するように吐きすてた。


きんと耳の奥が痛くなり、眉間あたりの皮膚も引きつる。淳之介はこれまでになく疲れていた。表に出て体に染みついた汗の臭いを払いのけたいと思っていると、女中らが酒と木具膳を運んできた。

「ささめ雪でございます」

と、ひとりの老婆が壁によりかかる春川に酒を勧めているが、疎まし気に追いはらわれた。老婆は淳之介と目があうと膝を擦りながら寄ってきて、同じように「雪ですよ」とすきっ歯を見せながら酒を注いだ。格子窓のむこうの闇に、ぼんやりと白い粒がゆらりゆらりと舞っていた。まだ積もる雪ではない。遠くから酔っぱらいの喧嘩と呼子笛が聞こえてきた。

酌婦に年増が多いのは、口の軽い娘を座敷に入れないためと思われる。置屋の芸者も呼ばれず華やかさは欠けるが、みな高揚した面持ちで酒をあおっていた。

宴が深くなったころあいに、徳利を掲げた名護が淳之介の前にどかりと座った。勢い淳之介に頭をさげてくる。

「先ほどは頭に血がのぼり、失礼仕った」

会では鼻息あらく無頼漢の風情だったが、向いあうと小さな目が兎のようで、柔和な笑みを浮かべる愛嬌のある男だ。

「浪人暮らしが長くなり、ひがみ根性がひょっこり顔を出してしまう。わしの悪い癖だ」

驚くほど素直で拍子抜けである。それどころか、幕臣であればいまの境遇は忸怩(じくじ)たる思いであろうと淳之介を慰めてくる。

「心中察していただき、かたじけのうござる」

それは淳之介の本心だった。

茅野家は、三河(みかわ)以来徳川家に仕える直参(じきさん)である。徳川のために生きてきたと言っても過言ではない。その徳川が諸外国から開国を迫られ、右往左往する姿に落胆しているのも事実だった。武家の棟梁(とうりょう)として長らくその地位にある徳川が、京の勅許がなければ身動きできない弱腰を嘆く声は、幕臣の末梢にあっても聞こえてくるものだ。

表の雪はみぞれに変わり、水の匂いが強くなる。夜も深まり、いく人かが吉野と内田に声をかけ連れ立って帰ったが、店が用意した提灯(ちょうちん)が足りなくなり、淳之介を含め名護・浦木・春川の四名が足止めをくうことになった。名護と浦木はもうすこしただ酒が呑めると機嫌がよい。

春川はわずかに開けた障子戸から、煙草(たばこ)の煙をくゆらせていた。名護が共に呑もうと誘ったが、静かに首を振る。

気を悪くした風もなく、名護は淳之介に向き直った。

「ところで、直参であるそこもとが、なぜ大橋先生の門戸を叩かれたのか」

今宵この場に参加した者の多くは、食うに困り果てた者、義憤に突き動かされた者、時流に乗っただけの者とさまざまだ。背筋をのばしたまま酒を呑む浦木が、眼鏡の奥からじっと窺っている。

「このところの御公儀には失望するばかり。寝転がって一生を終えるのはいかがなものかと奮起したまで」

これ以上痛い腹を探られてはかなわない。淳之介は、名護と浦木に、これまでどのようなお役目に就いていたかたずね返した。

眼鏡の浦木は、水戸の烈公徳川斉昭の陪臣(ばいしん)だった。禄の低い定府(じょうふ)衆の家に生まれたため、江戸より外に出たことはない。尊王を掲げ攘夷を推し進めようとした烈公が逝去すると、その本懐を遂げるため、江戸屋敷の広敷添番(ひろしきそえばん)の身を捨て脱藩した。

「いずれ開国派に天誅をくだすのならば、藩に迷惑をかけるわけにはいかぬ。私はただ、御隠居の御遺志のために生きておる」

あっぱれだ、と名護が酒を注ぎ、あふれるそれを浦木がおちょぼぐちですすり上げた。名護も湯呑みを空にし、手酌で酒を注ぐ。

「わしは郷士の出で、元は百姓よ。算筆が得意でな、勘定方へ推挙され武家の養子となった」

「見た目ではわからぬ特質があるものだ」

淳之介がつぶやくと、名護はカラカラと笑った。

「人は見かけではないぞ、心映えだ、笠井」

「そのような重責にありながら、なぜ脱藩を?」

「女房とふたりの子を、コロリで亡くした」

罹れば死に至る者が多い未知の時疫で、安政五年のコロリの流行では三十万の命が奪われた。

厄介なのは、たとえ感染したとしても症状が軽かったり、自覚なく過ごしたりする者もいるため、接した者が知らぬうちにコロリに感染し、気がついたときには重篤な状態になっているということだった。看病する者は何もできずおろおろし、感染者はあっという間に痙攣をおこして死に至る。

先の時疫で、鶉居堂の門下生に三人の犠牲者がでたし、青柳の両親と、淳之介の学問の師、斉藤鶉庵もコロリで衰弱死している。両国橋では百の棺桶が通ると掃除をしたが、あまりに死者が多すぎて清めの作業が追いつかなかった。亡骸が箱詰めされるならまだましで、川べりに放置され、それを犬が食いあさり、辺りに異臭が立ちこめていたのをいまでも不意に思い出す。

名護は攘夷のため、藩に暇を願いでて、国を出奔した。だがその先どうすればよいのか見当がつかず、廓の牛太郎をしていた時に、大橋訥庵の評判を耳にして、吉野の仁令会に参加することになったという。

「黒船の中でコロリにかかった水主を海に捨て去ったのが、そもそもの起こり。港さえ開かねば妻と子は死なずに済んだ」

名護の異国への激しい憎悪は、身内の仇だからだ。

春川は黙って猪口をかたむけているが、耳は名護の言葉に呼応するように、かすかに動いている。

浦木は名護と向いあい涙を流した。眼鏡をずらし目を拭う手の平に、肉刺ができている。論客のようにみえ、意外と熱い志士のようだ。ひとしきり泣いた浦木は、静かに呑み続ける春川に目をやった。

「お主はなにゆえ仁令会に？」

「腕試し。目障りな者は、斬ればよい」

短く言い、また表に目をやる。障子戸のむこうからよその店の男女の嬌声が聞こえてきた。どこかのお国の唄であろうか。聞き覚えのない国訛りがつよくて、何を言っているかわからないが、笑い声はどこの生まれでも変わりはないらしい。

「春川というのは上屋敷では耳にしない名だったが、腕は立ちそうだ。あれの差料を見たかい」

浦木が顎をしゃくった。春川の脇に置かれた太刀は、遣い手次第で斬られた者がそれに気づかないと言われる名刀兼光。相当の武辺者だろうと浦木がうめく。

「ふん。この時世、差料は名よりも実だ。これを見てくれ」

名護が重量のある太刀を、淳之介たちの前に置いた。日蔭町の刀剣商「村田」で買い求めたという。自慢比べの金銀で装飾されたものよりも頑丈だと言うが、刀に疎い淳之介にはとんと善し悪しが分からない。

「たしかに、どれほどのものを腰に差しても、春川は田舎者にはちがいない。江戸市中にあって、閂差しで店に入ってきたからな。名護同様、山猿のたぐいであろう」

「なにをきさま。江戸表に暮らすぬしら定府衆は、めったやたら早口で、まるで山のひばりではないか」

古い友のように言いあう両人をなだめながら、淳之介はちらと春川に目をやった。白い顔に淡い月明かりが照り、たまに雪の影が頬をなでている。一瞬、泣いているように思えたが、口元は微かに笑みを浮かべているようにも見えた。

これまで淳之介が会ってきた攘夷志士とは、やや趣の違う熱を発する男である。近づけば、炎ではなく、凍傷で身を焼かれるような危うさを放つ若者だった。身震いするのは夜気のせいだと、淳之介は己が内に言い聞かせた。

四

名護や浦木と夜通し呑み明かしたあと、三日にあげず鳥笈で「会読」が行われた。そろう顔はまちまちだが、決まって内田が大橋訥庵の施策を披露し、浪士らが呼応し、たがいを鼓舞しあうことに変わりはなかった。しかし回を重ねるうちに頭数は減っていき、年が明けたころまで残ったのは、淳之介と名護、浦木、春川の四名のみであった。だが内田は落胆する様子もなく、むしろ精鋭が残ったと満足している。

呑み明かして雑魚寝をし、朝がきて寝転がりながら再び酒を呑むなど、淳之介にとってはじめての経験だった。名護は無骨な男かと思いきや性根は真っすぐで、ほかの三人の間を頻繁に行き来し仲を取りもつ役目を買ってでていた。浦木はやや神経質な気性のようだが、名護の愛嬌につられて笑顔をよく見せるようになっていた。春川は四人の中で年若で輪に加わることはなかったが、欠かさず鳥笈に顔を出し、静かに酒を呑みつづけている。

文久二年正月五日、淳之介が初めて会に参加したとき以来、ようやく吉野が姿をみせた。ひどく頬がこけ、無精ひげの生えたえらが張り、首筋が青く脈打つのがわかるほど痩せていた。

「おお、吉野どの。待ちわびたぞ！　そろそろ大橋先生にも会わせてもらえぬか」

吉野は内田と目を交わすと、やおら一通の文書を取り出し四人の前に広げた。無視された名護は不承の面持ちで書き写しを手にとり目を通した。とたんに顔がこわばる。それは浦木、春川、淳之介の順に手渡されていった。「あっ」と淳之介は咄嗟に声を漏らし、あわてて口をとざした。

「大橋先生が作成した斬奸趣意書である」

行灯の灯心が六名の間に流れる気を震わせる。塀を隔てた小料理屋から三味線と長唄が聞こえてきた。

「われらが斃すは、対馬守安藤信行である」

吉野が告げると、名護と浦木から感極まる声があがった。

「昨年秋、大橋先生は公武合体を阻止すべく、朝廷に攘夷の勅命を願いでたが、あえなく宮さまは江城へお入りになられた。さかのぼること申年三月、掃部頭を斬殺したが、おさおさ攘夷に至らず。その後の執政も天朝をないがしろにしたままであるのは、神州の罪人であると言うほかあるまい」

淳之介と無口な春川をのぞくふたりが「然り！」と深く同意する。吉野は反応の鈍いふたりへ目を向けたが、膝にこぶしを乗せたまま言葉を続けた。

「安藤はこのご縁組が国を救うと論じているが、まさに奸謀により宮さまの御身が強奪されたようなもの。やがて外夷交易への足掛かりとせんとし、ひそかに天子さまの御譲位までもくろんでいるという」

一儒学者が朝廷に自らの施策を上奏するなど、これまでの世ではありえなかったことだ。

「そのような幕閣がこの国を動かしているなど許しがたい」

そう言いながら、吉野は趣意書を回収した。名護と浦木の顔は紅潮し、心が勇み立っているようだった。ふと視線を感じ左に目を移すと、無表情の春川がこちらをじっと見つめていた。視線が絡みあう前に、春川はさっと吉野たちへ顔を向ける。

淳之介が仁令会に潜入する前になるが、先の冬に訥庵が企てた、輪王寺宮を擁立し日光山にて挙兵する案はすでに潰えている。ならば次期将軍と誉れ高い一橋慶喜公をたて、新たな計画のもと日光において挙兵し、幕府へ攘夷を訴えることが、最善の策であると吉野は言った。慶喜への上書は、かつて訥庵の門人であった一橋家の近習、山木繁三郎に託されている。

挙兵の前に安藤を斃せば、攘夷の波はさらに高まるだろう。

「決行は十五日。江戸城に登城する安藤をここにいる六名で襲撃する。桜田門にて偉業を成しえた烈士に準じるのだ」

吉野は立ちあがった。

「そして、安藤を斃したあと、生き残った者は自決する」

「なぜだ。命あるものは江戸より出奔し、斬奸の本意を広く伝えるべきではないのか?」

得心がいかぬと反論する淳之介に、吉野は薄く笑い一同を見渡した。

「それでは真の攘夷には至らぬ。安藤を討った我らが自決すれば、さらに世は動く」

「いや、世はさらに乱れるだけだ」

「すでに違勅により乱れきっておる。暴政を正しきものへ戻すため、われら忠直の士の血が流れることは避けられぬ。この血をもって、皇国を天子さまにお返し申すのだ」

吉野が気色ばむのに、内田と名護、浦木が追随しうなずく。じっと座っていた春川が、かすれた声で「恐れは奸邪の小人にすぎず」と言いきった。

久しぶりにひとりで鳥笈を訪れた淳之介は、舟吉を呼び箏を聴いた。浜辺で戯れる千鳥を歌った手事物『千鳥の曲』だ。

ちかごろ吉野は顔を見せているのかたずねると、舟吉は不貞腐れた顔で首を横に振った。

「とんと来やしません。千鳥はずっと先になりそう」

吉野が店に通わなくなったのは、襲撃の準備に奔走しているからだろう。ちかく淳之介たち四人を大橋訥庵のいる小梅村まで案内すると約束した吉野だったが、まったく音沙汰がない。襲撃はあと四日で実行されるというのに、仔細は不明のままである。

（そろそろ家に戻らねば、母上に本気で殺されてしまう）

先日、婆に三百坂の屋敷の様子を見てきてほしいと頼んだところ、お市は淳之介が逢対を嫌がり、江戸を出奔したのではと鬼の形相で捜しまわっていたらしい。家名断絶のそしりを受ける前に淳之介を手打ちにしてくれると、表にまで聞こえる声で源次に当たり散らしていたという。

いっそのこと、芸者遊びに執心していると伝言を頼もうか。

「なにがそんなにおかしいのです？」

「笑っておったかい」

「いたずらっ子のような顔。やっと旦那の本意が見えた気がしますなあ。いつも険しいお顔で酒を呑まれて、どうにもちぐはぐなお方だと思っておりました」

舟吉は鏡を取り出し、淳之介の眼前にかかげた。舟吉の勘の鋭さに息をのむ。

「だがのお、舟吉。人の顔がふたつも三つもあるのは、決して悪いことではないぞ。なにせ仁もふたつの顔がある」

孔子は天理こそ仁であると説いたが、その後、朱子が孔子の言葉から、天の道理と人の心から生まれる情のふたつを「仁」であると解釈した。人には欲がある。だから天の道理をそのまま体現することはできない。人は過ちを犯すからこそ学び、根本の仁を心の中に育てていかなければならない。

　攘夷志士らは仁の中に誠を見る。突き動かされる時流の中に仁があると信じているが、実はじっと人の中に根づいているのだ。

「難しいことはとんとわからないけど、わっちの知るジンは、梅の中にありますな」

「梅、とは？」

「梅干の種をかみ砕くと、中に天神さまがあるでしょ。死に別れたおっかさんが、あれを食べると万病にきくと教えてくれました。酔いどれたあと食べるとよいなどと言うお人もおりましたわ」

　でも欲をかいて青梅の天神さままで食べ過ぎると毒になる。だから気をつけて、と真面目な顔で言うから淳之介も背を正し、うむと応えた。

「舟吉は面白いおなごだ。私が十年以上かかって学んでも分からぬことを、とっくに知りえておる」

　孔子の教えも、舟吉にかかったらぽいと口に放られ食べられてしまう。

「あれ、学者先生に褒められた」

　お礼にもう一曲、と機嫌がよくなった舟吉が三味線を構えた。

五

　大橋訥庵が南町奉行所に捕縛された報が入ったのは、正月十四日の夜も更けたころである。

　淳之介ら四名の襲撃実行部隊は、十四日から鳥笈の二階にとどまり、朝を迎える予定だった。

鳥笈の主人によると、慶喜へ取り次ぎを託された山木繁三郎が、寸前で老中久世広周に、慶喜を擁し日光山において挙兵する計画を漏らしたという。

淳之介からの知らせは青柳に届いているはずだ。だが、訥庵の捕縛が日光での挙兵に関わることなら、老中襲撃の件はまだ上層部に伝わっていないのかもしれない。

——青柳は嫌われておるからな。

どうにか夜明けまでには鳥笈を脱出しなければならないが、吉野が差し向けた下男が、座敷の外に控えている。淳之介たちが逃げださぬよう見張っているのか、襲撃に参加する者たちなのか、一切知らされていなかった。

やがて吉野が町人の恰好であらわれた。捕吏の目を欺くためである。吉野は四人分の斬奸趣意書をたずさえていた。ひとりずつそれを受け取り、懐に納めた。

「訥庵先生は自らが捕らわれることを覚悟していた。ここで計画を無しとすることは、この先の攘夷に歯止めをかける。そこもとらには、予定どおり坂下門前で斬奸を成し遂げてもらう」

一番駆けは吉野。銃を一発、駕籠に向けて放ち突進していく。四名が三方向から駕籠に向かって斬りかかり安藤を仕留めたら、残るひとりが安藤の首をはね、そのまま萩藩邸へ駆けこむ手はずになっている。

萩藩の桂小五郎と水戸藩の尊皇攘夷派は、幕政改革を成し遂げるための「成破の盟」を交わしている。桂は、今回の安藤襲撃に関しては時期が悪いと尻ごみしたが、斬奸趣意書を差し出せば、広く世にこの斬奸の意味を知らしめてくれるに違いない。

「わしが安藤に引導を渡す。よいな、みなの衆」

名護が当然のごとく言い放った。浦木は眼鏡の当たり具合が気に入らないのか、しきりに眉間に手をやる。壁によりかかる春川は、畳に目を落としたまま動かない。かすかに笑っているようで不気味だ。間者(かんじゃ)の淳之介ですら、場に気圧(けお)され奇妙な昂りが隠せないというのに。

「あすの明け六ツ（午前六時頃）、私と内田がここに合流する。それまでしばし待たれよ」

鳥笈の主人が盆に山と積まれた握り飯を運んできたが、誰も口にしなかった。渇く喉をすこしの酒で潤す。部屋があまりに寒く、眠れば襲撃前に凍え死ぬと、名護が店の者を呼びつけ掻い巻きと紙筆をよこせと告げた。

名護は火鉢に身をよせると、巻紙にさらさらと文(ふみ)をしたためはじめた。震えているのは寒いせいだと、なんどもつぶやいている。

「国許(くにもと)に妹がおって、家を守っておる。子のできぬ体で嫁に行くこと叶わず、うちのを我が子のようにかわいがってくれていた」

もし許されるなら、自分の亡骸を妻子と一緒の土に埋葬してほしいと綴っている。

手に息をはく名護の横顔はひとかけらの憂いもなかった。

「お子はいくつだったのだ」

淳之介がたずねると、名護はじっと筆の先を見つめた。

「三つとふたつ。どちらも女房に似ておった」

やがて浦木もうつ伏して文を書きはじめたが、名護とおなじように、手が震え筆を運ぶことができない。「冷える、冷える」と、指に息を吹きかける。

今宵はあまりに冷えこみ、どこの店も障子戸を隙間なく閉めている。闇夜に音が吸いこまれてしまったようにあたりは森閑として、ササと屋根に雪が積もる音だけが時の流れを感じさせている。

「おい、春川。そこでは寒かろう。こっちへ来い」

青い唇を震わせる春川は、しばし逡巡していたが、膝を擦って三人が囲む火鉢に近寄り手あぶりをした。暖かさに目じりをたらし、ほっと息をついている。

「そういう顔をしておれば、年相応であるのに」

浦木が言うと、名護が「若気の至りだ、許してやれ」と笑った。

「おぬしはいつ江戸へ?」

さりげない口調で名護がたずねた。

春川は、火鉢にあたる三人をじっとみつめていたが、やがて「父と姉を殺された」とつぶやいた。春川が身の上話をするのははじめてだ。異人の仕業かと質した名護に、「井伊の陪臣に」とそっけなく答えた。

「父は攘夷派の走狗と目され、松戸宿を出たところを斬り捨てられた」

春川は茨城郡の郷士の家に生まれた。禄は低かったが、縁あって姉が江戸の商家へ嫁ぐことになり、父と下男がつき添い江戸へ出ることになった。安政五年の冬のことだ。

逃げおおせた下男の話では、同じ宿に彦根藩士ふたりが逗留していた。彼らは姉に目をつけ、出立した後もつかず離れずつけてきた。気のせいかと思ったが、父と下男が目を離したすきに、姉は藪に引きずりこまれ嫁入り前の体を穢されたのだった。それを知った父は怒り、奉行所に訴えると激昂した。すると彦根藩士たちは、父が幕政批判する攘夷論者であると言いがかりをつけ、その場で斬り捨てたのだった。

その場に居た姉も、みずから首を突いて自害したという。

亡骸は道中に放置され、春川が母とともに引き取りに行くと、ふたりの体は野犬に食われていた。

春川から発せられていたのは、恨みの矛先を失ったもどかしさだ。冷めきった顔の内に、秘めた熱がたぎっていた。

「その彦根藩士はどうしたのだ」

低い声で淳之介が聞いた。春川は知らぬと首を横に振る。

「おれは井伊の遺した全てを許さない。だから、ここにいる」

しばらくして、名護が春川と淳之介の肩を強く握り、黄色い歯をみせた。

「妻と子を亡くしたとき、死を選ばなくてよかった。そこもとらと共に逝けるのなら、これ以上心強いことはない」

「そうだぞ名護。江戸の関羽張飛になりそこねるところであった」

浦木が珍しくおどけたことを言うから、春川と淳之介も口もとを緩めた。名護は自分が張飛であることは申し分ないが、浦木が関羽ならなんとも小粒な三国志だと悪態をついた。

四人で笑い声を立てたのは、その時が最初で最後だった。

日が昇る前に淳之介は鳥笈を抜けだすことになっていたが、座敷の外に控える男たちが終始見張っており、逃げだすことができなかった。一刻ほど前にそっと襖をあけると、見張りのふたりは座りこんで居眠りをしていた。しかし淳之介はなぜか逃げずに踏みとどまってしまったのだ。

予定していた明け六ツになっても、吉野と内田は姿を見せない。名護がじれて様子を見てくると襖に手をかけたとき、店の小男が血相を変えて飛びこんできた。

「旦那がた！　町方のお調べです！」

叫ぶなり、階段を転がりおり、裏口から飛びだしていく。主人や住みこみの奉公人、居続けの客たちも慌てふためき逃げていった。

「これも山木のしわざか！」

名護が誰よりも早く立ちあがり、階下へ駆けおりる。見張りのふたりはすでに姿を消していた。浦木と春川が名護につづいて階段を駆けおり、広座敷に面した広縁につづく障子戸を蹴り倒した。来るぞ、と名護が畳の目に沿って足を擦った。浦木と春川が刀を短く構える。

道をくる足音は、店の四方から迫ってきた。はじめに庭の切り戸から駆け込んできたのは、逃げたはずの主人である。通りの木戸がすべて閉じられて脱出できないのだ。

捕物出役（とりものしゅつやく）は、与力一騎が検使役として先頭に立つ。それに同心が三名ほどつき、おのおのが使う御用聞きや下っ引きが、店の周りを固めている。狼藉者を取り逃がさないよう、周辺の町木戸は閉じられるのだ。

主人と奉公人たちが二階に逃げていく足音と町方の足音が重なると、ちょうど町屋の屋根に白い朝日が照り、淳之介は目を細めた。

「笠井、おぬしは斬奸状を持ち萩藩邸へ向かえ！」

名護が叫んだ。

「しかし……」

「どうせ一刀にやられる腕しかなかろう。面擦（めんずれ）すらない侍がいかほどの腕だというのだ」

にやと笑ってみせた名護は、浦木と目を交わしあい広縁まで進みでる。

「裏口から抜け出すのは無理だ」

店の裏木戸の様子を見て戻ってきた春川が淳之介のそばに寄り、「幽霊も八方ふさがりだな」

とささやいた。

「なんだと？」

「おまえは幽霊だろう。笠井一馬なる男は、すでにこの世におらん」

「春川……きさま」

「足はないが、青鬼の走狗にはなれるようだな」

淳之介は眩暈（めまい）をおぼえた。

「逃げるか？」

春川の剣先は、いつでも淳之介を一刀できる間合いにあった。

淳之介の手が震える。

抜くか。抜かぬか。

春川が唇の端をあげた。背筋に氷が這うような気味の悪さを感じた。喉もとを上下させながら目を庭へ向ける。人声が静かな早朝の町に響き渡った。

「御用あらためである！」

庭の砂利が踏み荒らされ、冷気とともに捕吏たちが店を囲んだ。その先陣をきって飛びこんできた青柳梅太郎は、麻裏の鎖帷子（くさりかたびら）を着こみ、その上に半纏（はんてん）を纏（まと）っている。すっと引き上げて穿かれた股引きに脚絆（きゃはん）の足拵え（あしごしらえ）。籠手（こて）脛当（すねあて）に鎖の入った白木綿の手襷（てだすき）である。

どっと押し寄せた小者たちは、紺無地の法被（はっぴ）に千草の股引き姿で、錑（もじり）や刺股（さすまた）、梯子（はしご）を構えていた。槍持ちの中間や若党らを従えているのは、検使の当番与力であろう。

青柳は、あけ放たれた座敷を鬼の形相で見渡している。徒党の中に淳之介の姿を見てとり目をすがめた。あれは、淳之介がへまをすると浮かべる顔色だ。

事情を知らぬ捕吏らは、淳之介に手加減はしないだろう。こちらの出方によっては、命も危うい。

縁から飛んだのは、浦木だった。ひるむことなく捕吏たちに斬りこむ後姿に、あっぱれとさけぶ名護も庭に駆けおりる。

すでに浦木の周りは三道具（みつどうぐ）を伸ばす小者たちが囲んでいた。ひとりが浦木の背後から襲いかかる。すかさず名護の剣が一閃（いっせん）した。肩の骨を断つ音がする。検使役の与力がすっと腕をあげた。それが合図となり、小者たちが一斉に名護と浦木に襲いかかる。梯子を縦横に押しつけながら名護にのしかかろうとするが名護も浦木も動きが俊敏で、捕吏たちがひるんでいる。

春川も縁を蹴って飛ぶように庭におり立つと、真っ先に青柳と対峙した。八双の構えである。青柳の手にあるのは捕縛用の刃引きされた長脇差だ。口もとをぐっと締め、足を地に押しこむように立っている。小者のひとりが鋘を手に春川の背後から突進したが、春川が体を沈めて回転しながら小者の胴を払った。

春川はそのまま足を踏み替え、青柳に殺到した。襲いかかる刀の寸前をかわした青柳が、すれ違いながら鋭く切り下げた。その切っ先が春川の頰に赤い筋をつける。たがいの力は拮抗していた。表では恐ろしい速さで時が進んでいるのに、畳の上で立ちつくす淳之介の体の中の血は、妙にゆっくりと流れている。

「笠井、早く行け！　わしらの遺志はおぬしに託す！」

小者を袈裟懸け（けさがけ）に斃した名護がさけぶ。浦木はすでに刺股に押さえつけられていた。名護は巨漢ながら素早く小者たちの手を逃れ、塀を背に応戦している。やがて浦木を囲んでいた小者たちがこちらに殺到した。淳之介は手水鉢（ちょうずばち）を飛び越え庭に飛びおりた。しかし濡れた飛び石に足を滑らせ無様に転がると、複数の梯子によって土に押しつけられてしまった。目の前に火花が散り、夜明けの庭が白く弾けて見える。

胸を圧迫され息が止まりかけたとき、「旦那、しばし勘弁」と囁かれた。腕を押さえつける捕吏のひとりは、襷がけした正吉だ。

青柳と春川は、激しい鍔(つば)ぜりあいになっていた。青柳に押され半歩引いた春川だったが、それをはじめから予測していたように、すかさず剣を打ちこんだ。青柳は溶けた雪で湿った土に足をとられて転がり、間一髪、重く振り下ろされた刃先を避けた。春川は青柳より華奢な体つきながら、刀を構えるとひとまわり嵩(かさ)が増してみえる。

春川の一撃が青柳の頭上に飛んできた。片膝をつくギリギリのところで踏みとどまった青柳が、逆手で剣を受け止める。ガッと音がひびき、たがいの刃がはじかれた。

「その腕があれば、剣において名をあげることもできたであろう」

青柳が息を弾ませながら立ち上がると、春川は低く笑った。

青柳の背後に見えるさびれた庭石の陰に、自分の首を突き絶命した名護の体が横たわっていた。浦木は三人の捕吏の膝の下で口から血を流していた。両手をおさえこまれ、自ら舌を噛んだのだ。ふたりの顔は淳之介に向けられていた。われらの使命を果たせと「仲間」が無言で叫んでいる。笠井一馬として最後にすべきは、彼らの遺志を継ぐことなのか。それとも……。

懐の斬奸趣意書に手を当てたときだった。

――あれは……。

表へ続く切り戸のわきに、じっとこちらを見つめる老婆が立っていた。会合のあと開かれる酒宴で、真っ先に春川に酌をしていた婢女(はしため)だ。捕吏たちの死角になっている。こっちへ来いと、白濁した目が淳之介に訴えていた。

「どうした、旦那？」

体を横たえたままの淳之介は、正吉の声をずいぶん遠くに聞いていた。「茅野の旦那」とまた問われ、おれは「笠井一馬」ではなかったかと心の内に質す。背から正吉の重みが取りはらわれた。淳之介の手を背後にまわし、正吉が縄を手にしたときである。

青柳の振りあげた長脇差が春川の剣に打ち払われ、高く回転しながら縁を滑っていった。刹那、淳之介は自分の腰の脇差を鞘ぐるみ抜くと、青柳に投げ渡した。春川が淳之介の動きに気づいたのは、青柳がすかさず抜刀し、春川の脇腹を一刀に斬りつけたときだ。

春川は剣先をあげようともがいている。倒れながら逆さになった視界のなかに、裏切り者の淳之介を見ただろう。光を失う両眼が「結局人任せか、腰抜けが」とあざ笑っていた。

脇差の血を懐紙で拭った青柳が、渋面のまま春川を見おろしている。ふたたび捕吏たちが淳之介に殺到したが、青柳が「間者だ」と制した。

淳之介は、軽くなった腰に手を当てた。重みはないのに、体は石を背負わされたように重い。

「おまえは昔から水切りだけは、おれより達者だったな」

青柳は淳之介の肩を軽くたたく。検使与力が店の奉公人をすべてひっとらえるように命じた。小者たちが座敷に駆けこむと、奥から一瞬悲鳴がきこえたが、やがて縄をかけられた鳥笈の主人や奉公人ら十名余りが広間に姿を見せた。

捕らえられた者の中に、あの婢女の姿は見えない。切り戸へ目を移すと、木の陰で肩を血に染め死んでいた。手には包丁が握られている。

淳之介は空を仰いだ。荒涼とした雲間から、薄い日の筋が静かに降りそそいでいる。

敵味方あわせて六名の骸（むくろ）が、戸板に乗せられ運び出されていった。

災禍を免れたというのに、このやるせなさはどうだろう。凶事を防ぐことができたのに、どうして胸の奥が熱くたぎったままなのだろう。これで喜七に酬（むく）いることができたと言えるのか。なぜ攘夷浪士と相対すると、川辺の泥のようなものに足を捕らえられ、身動きができなくなるのだろうか。

と、店のまわりが騒がしくなり、ひとりの小者が「お知らせ申す！」と息を切らせながら駆けこんできた。

「先刻、西丸へ登城される対馬守さま、坂下門前にて浪士の急襲を受けたとの由（よし）」

「どういうことだ、その刺客らはすでに制圧いたした！」

庭で指示をとばしていた与力が、横に控える青柳に向って叫んだ。

「おそらく、こちらはわれらの目を欺く餌であったのでしょう。奉行所が手薄になったすきに、実動部隊が坂下門を急襲したのです」

「こちらは囮（おとり）か！」

捕吏たちも、とまどいの顔を浮かべている。

仔細は後続の伝令によって明らかになった。

半刻（はんとき）（一時間）ほど前にさかのぼる。上元の佳節にて登城にあった諸大名の列に、対馬守の姿もあった。さきの桜田門の急襲以降、警戒に怠りはなく、護衛や道具方など供廻りの者は五十名を超えていた。そこに、六名の浪士が駆けよったのである。

はじめに駕籠訴（かごそ）を装い駆け出した男が短筒を取り出し、対馬守の駕籠に向けて放った。弾は駕籠を逸れ、大小姓松本錬次郎（まつもとれんじろう）の腿（ふともも）に命中した。銃声の直後、白刃を閃（ひらめ）かす五人が駕籠の四方から斬り込んでくる。

警護の者たちは混乱状態に陥り、駕籠に隙ができてしまった。すかさずひとりの浪士が駕籠に刀を突き刺した。駕籠から転がり落ちた安藤の背を、別の浪士が斬りつける。傷を負った安藤は、かろうじて城内に逃げこみ助かった。やがて浪士らは全員闘死したという。対馬守の護衛に死者はなかった。

死んだ浪士たちの懐中には「斬奸趣意書」が収められていたが、検視のうちに抜きとられ処分された。このようなものが世に出まわれば、尊王攘夷を叫ぶ浪士たちをさらに勢いづかせることになる。

死んだ浪士のひとりは、水戸藩士黒沢五郎(くろさわごろう)。かつて東禅寺(とうぜんじ)を襲撃した実行犯のひとりで、変名を「吉野政介」といった。

縁の隅に座り、与力にもたらされる報を耳にしながら、淳之介は鈍く雲が垂れこめる空を見あげた。三羽の雀が庇(ひさし)の上を跳ねている。

「これじゃあ、おれたちは千鳥じゃないか」

自嘲する淳之介の耳に、チチと鳥のさえずりが聞こえた。舟吉に聞いたことがある。巣を襲う捕食者を見つけた千鳥の親鳥は、わが子を守るため、巣から離れたところでわざと弱ったふりをするらしい。自らを囮にして子を守るのだ。

——大橋訥庵らは、我らを弱った鳥に仕立てたのだ。

六

逃げ傷を負った安藤信行が老中を罷免される。そんな噂がまことしやかに立ったのは、神田上水に花びらの筏が揺らぎはじめたころだった。

淳之介が青柳に呼び出されたのは、深川櫓下の小料理屋「たきがわ」の二階座敷である。

坂下門で襲撃が起こった日の午時。外桜田の萩藩邸にひとりの男が駆けこみ、桂小五郎に目通りを願った。川辺佐治右衛門。淳之介が出会った「内田万之介」の本名である。

内田こと川辺は、襲撃に参加していなかった。寸前で怖気づいたのか、間にあわなかったのか、その理由は定かではない。斬奸趣意書を託したあと、ここで腹を斬らせてもらいたいと申し出たのだった。

不在だった桂が麻布の藩邸から戻り仔細を知ると、自分ひとりの意思では決めかねるのでしばし待つよう押しとどめ、ふたたび麻布の藩邸に戻り協議に入った。半刻ほどして戻った桂は、逃げて命を長らえるよう川辺を説得したが、目を離したすきに喉を貫き死んだのである。

「鳥笈の主人によると、吉野と内田……いや、黒沢と川辺に加担していたのが、春川だった」

奉行所の調べによると、春川は水戸藩領の茨城郡細谷村の出で、川辺と同郷であった。切り戸のわきで死んだ老婆は春川の母親で、母子で老中暗殺に手を貸したことになる。

「春川はその腕を見こまれ、思誠塾で大橋の手足として陰で動いていた。鳥笈の陽動部隊を見張っていたのではないかと、奉行所では見立てておる」

「もしかしたら、はじめは鳥笈のおれたちが本筋だったかもしれない」

「なに？」

「春川は、おれの正体に気づいていた」

笠井一馬が青柳の密偵だとわかり、急遽黒沢らが別動で襲撃に至ったのかもしれない。淳之介を泳がせ、青柳へ老中暗殺の事情を知らせることまで承知ずくだとしたら、連中が一枚上手だったことになる。

奉行所による吟味は、大橋訥庵や山木繁三郎のみならず、鳥笈の主人や奉公人にまで及んでいた。

「舟吉はどうなった」

「あの鼻っ柱の強い芸者か」

舟吉は攘夷浪士を募る仲立ちをしていたと疑われ、かなり厳しい吟味を受けたようだ。

だが、舟吉は黒沢などという名は全く知らぬと強く反駁して、むしろ舟吉の置屋が迷惑をこうむった、さっさと浪士らを捕縛しなかった御番所の責であると啖呵を切ったそうだ。

「いまの我らは、芸者に一喝されておめおめと引きさがる腰抜け衆よ」

自嘲する青柳に、淳之介は酒を注いだ。

「そういえば、御母堂の機嫌は直ったか」

ふた月ぶりに小石川の三百坂に戻った淳之介は、怒るお市に、芸者に入れあげ遊び歩いていたと嘘をついた。お市はしばらく口もきいてくれず、夕餉のおかずはいつも二尾だった鰯が一尾になっていたし、夜に書物を読むときに灯す行灯の油を注ぎ足そうものなら、くどくど嫌みを言われる始末。そっと晩酌をしようと源次に燗をつけさせていると、

「ようございましたね。幇間として雇われたようで、これで母も後顧の憂いなく往生できます

る」

　と言われ、ますます茅野家での立場が悪くなった淳之介であった。

　雁丸屋の伝手を頼り、たきがわに舟吉を呼ぶことが叶ったのは、五月の節句を過ぎたころである。

　座敷に入ってきた舟吉は淳之介の顔を見るなり、「茅野なんて旦那は知らん」とそっぽを向いた。詳しいことを知りたがる女ではないが、嘘をつかれたことに腹を立てているようである。女など、嘘でぬり固められた偽りの姿を愛せと詰め寄るくせに、いざ自分が嘘をつかれると腹が立つ、わがままな生き物らしい。

　舟吉は、ぷいと座敷を出ていってしまい、その日はひとりで酒をあおることになったのである。次に座敷に呼ぼうとしたときは、「目ばちこ」ができたと、あからさまに避けられた。

　数日後、しかたなく身銭を切って置屋の主に袖の下を渡すと、ようやく仏頂面の舟吉が座敷に姿を見せたのである。

「茅野淳之介と申す。嘘をついていたことは謝る」

　頭を下げつつ、そっと鼈甲の簪を渡した。

「武士が頭をさげるなど、ああ情けなや」

　あきれた舟吉は簪を手に取り艶のある島田髷に差すと、ようやくふくれっ面を笑みに変えた。

　舟吉が淳之介の猪口に酒を注ぐ。もうひとつの猪口にも注いで、そっと畳の上に置いた。舟吉なりの献杯であろう。

「お侍さんはほんとうにせっかちですなあ。のんびり堤で花見でもして過ごしておりゃあ、どれだけ生きるかいがあるかってわかるもんなのに」

舟吉は三味線を手にとり、べんと鳴らした。

しほの山　さしでの磯にすむ千鳥　君が御代をば　八千代とぞなく
淡路島（あわじしま）　かよふ千鳥のなく声に　いくよ寝覚めぬ　須磨（すま）の関守（せきもり）

吉野を惜しむように音色が響く。

侍が生き急ぐのは、あまりに口下手で不器用な生き方しか知らないからだ。あれこれ理由をつけなければ動くこともできない。じっとしていられないほど焦燥にかられ、藩とか門地とか、そんな場所などかなぐり捨てても、侍として生きる道を選ばぬわけにはいかないと、みな、自らを奮い立たせていた。しかし、いざ足を踏み出したら、たいていそれは間違っていて、そうと気づかぬうちに命を落としている。後悔をする間もなく、屍（しかばね）になりさらに大事な人を悲しませるのだ。

思想は違えども共に酒を呑むと、たがいを妙に知った気になる。どこまで深く理解できたかはわからないが、あの妙に高揚した年明けの一時（ひととき）、淳之介はたしかに「笠井一馬」という侍で、この日本という国をどうすべきか思い悩んだのである。

淳之介は徳川の世で禄を食（は）む。だから御公儀の定めるこの世の仕組みに抗（あらが）う気は毛頭ない。その一方で、なぜ名護たちは身を賭し凶刃を振るうに至ったのか、膝を突きあわせて酒を酌み交わしたときに知ったのだ。

だが、どのような理由があろうとも、武士ならば刀は誰かを守るために使わねばならない。名護たちが老中暗殺に至った想いを知り、さらにそう感じたのだ。

淳之介が笠井一馬に成り代わらなかった分岐は、ただその一心であった。

黒沢、川辺、春川、名護、浦木の顔を思い出すと、なぜか喉の奥がふさがれたように苦しくなる。心を通じていたわけではない。ひと月ほど酒を酌み交わしただけの者たちだ。なのに息が詰まる。

親鳥が激しく鳴くのは、子を守るためだ。その強さがうらやましい。

「旦那?　泣いているのかえ?」

「鳴いてもどうにもならぬことがある」

淳之介は眉間に指をあてて、なんとか流れ落ちる涙を止めようとした。胸の奥からせり上がる曖昧な感情が、友の死を悼むものか、深みにはまることなく友に引き戻してもらった安堵からなのか、わからない。

自分でもなぜ泣いているのかわからず、おかしくなって気の抜けた笑い声が漏れた。

舟吉が「やはり旦那は変なお人だ」と言い、そよ風のようにやわらかく笑った。

空蟬

「さあ、こい、さあこい！」

　さあ、こい、さあこい
　真っ暗な格子の奥から、地を這うだみ声が幾重にも聞こえてくる。

　着物を抱えた淳之介が背を押され揚屋に入ると、暗闇に白い点々がいくつも浮かんでいるのが見えた。無数の眼だと分かった時には板の間に押し倒され、頬を踏みつけられた。下肥の臭いが鼻をつく。あまりに強烈で目に染み、まぶたを開けることができない。

「色白の侍が入ってきたぞ。わしの体のイボ、うつしてやろうかの」

　耳もとで忍び笑いが聞こえた。淳之介の横っ面を踏みつけているのは坊主だった。胃の腑の臭いに酒が混じっている。ここは牢獄なのに酒が呑めるのか。そんなことを考えていると、坊主が淳之介の顔に唾を吐いた。拭おうとしたが、両手は別の男に掴まれ、背中に捻じりあげられている。寝転がったまま、身動きができず目に唾が入り視界もぼやけた。

　みぞおちを蹴られ息が止まる。淳之介が痛みに顔をゆがめると、坊主がますます嬉しそうに笑う。

「娑婆から来しやがった大まごつけめ、磔、そっ首を下げやがれ、御牢内は御頭、御角役だぞえ」

ここから役付囚人による新入りのしゃくり（罪状を尋ねる決まり文句）が延々と続いた。耳を塞ぎたくなるほどひどく罵倒され、お前なんぞつまらぬ罪だと嘲笑されるのが入牢の決まり事で、淳之介がなぜ牢に入る羽目になったのか、自らの口で白状するまで罵られる。

「新入り、お前の罪はなんじゃ」

〈隅の隠居〉と名乗る顎の張った男が淳之介を呼んだ。

淳之介は首を振ったが、どこからか「存じておるぞ」と声が聞こえた。

「そやつは八丁堀の青鬼の密偵じゃ」

牢内に張りつめた気が、淳之介の身を裂くほどに鋭くなった。

「町奉行の狗か」

隅の隠居が舌打ちする。

「命のツルはもってきたか？」

淳之介が体の下に丸まっている着物に目を落とすと、坊主が素早く手を伸ばした。

坊主が舌打ちし、カチンとツルを検める音がした。しばらく息が漏れるほど小さなささやき声だけが牢内に響く。

「たった二両か」

淳之介の腕をおさえていた男が力を抜いた。同時に、坊主がぬっと目の前にしゃがみこみ、歯を見せ笑う。いつのまにか淳之介の周りに牢内の男たちが集まり、新入りをどういたぶろうかと唇を舐めていた。

体の内から寒気がせりあがる。なのに牢内の蒸し暑さで汗が噴き出した。はたして今は暑いのか、寒いのか。季節すらわからなくなるのが、牢獄の恐ろしさなのか。

表から、ジジジと蟬の鳴き声が聞こえてきた。かすかに振り売りの声も聞こえ、ここは地獄ではなく人の世だと安堵する。

中間の源次と夏空を仰ぎ見ながら、今年はいやに蟬の羽化が早いなと話したのは、ほんの五日前のことだった。

一

「どうしました、淳之介さま」

足を止めた淳之介に、源次が声をかけた。

「いや、なんでもない」

誰かにじっと見られている気がしたが、振り返っても誰もいない。

昌平坂をのぼり、常陸水戸藩上屋敷前の百間長屋の通りに差しかかったとき、目端に人影が映ったのだ。右には水戸藩上屋敷の長い塀が延々とつづき、左手に神田川が流れ、小石川御門のむこうは、松平讃岐守の上屋敷と中屋敷が立ち並んでいる。

上空に甲高い鳴き声をあげる鳶が舞っていた。水戸の屋敷内は町がいくつも収まるほど広大で、湖や島まで配置されており、鳶が多く生息している。先日など、鰯をぶらさげて歩いていた源次が鳶にかすめ取られ、その日のおかずが漬物だけになった。

蟬の鳴き声が屋敷内から聞こえてくる。今年はずいぶんとうるさいと思いながら、ずっと先まで続く塀を見やった。

「急ぎましょう、奥さまが首を長くしてお待ちでやんす」

源次の手には、金飩と鶉焼、饅頭、羊羹などを詰めた重箱がいくつも抱えられていた。近所や親戚、小普請組支配弓削弘光への進物だ。

あす六月十六日は嘉祥の祝いである。時疫を退散させるため、十六個の餅や菓子を神前に供えた宮中の風習だ。江戸でもその風習は根づき、かつては将軍自ら臣へ菓子を配ることもあったという。庶民の間でも十六文で菓子を買い、それを笑わず食べるのが習わしになっていた。

「御城内では、五百畳の大広間に二万の菓子が並ぶそうだ。さぞかし甘い匂いで眩暈がするであろうなあ」

「さいですなあ。餡の海でございますなあ」

この菓子を買うため、淳之介は『唐詩選』など蔵書の一部を古書店へ沽却している。手元に残したところで読みはしないと手放した本だが、しめてたったの五匁。先日は質屋に唐織一反を納めてきた。以前親類から金の無心をされ担保に差し出されたものだが、先方もすでに亡くなり、金が戻ることもない。お市は二十匁はくだらないと言っていたが、足元を見られて十二匁。

「まるで鱗をはがされていく魚のような気分です」

と、今朝がた出がけにお市にぼやくと、

「淳之介さんがお役に就く目途が一向につかぬからでございます」

と、渋顔で責められてしまった。昨年の師走から年明けにかけてだまって家を留守にしたため、お市の小言は晩夏になっても収まることがない。

後ろめたさから率先して書物や道具を売りはらい、家計をやりくりしている。それでも世の物価高騰の波はとどまるところを知らず、茅野家は爪に火をともしても、行灯に注ぐ油代さえままならぬ状況なのだった。

小石川は道がかな釘のごとく折れ曲がり、気をぬくとすぐに袋小路に行きあたる。神田上水の白堀を渡り、安藤坂をあがった先が伝通院だ。そのまま塀にそって進み、左に折れて寺前を行くと三百坂。その坂をくだる手前に、茅野家の住まいがあった。

「西国にてコロリが出たそうでございます」

伝通院の前を通ったとき、源次がこわごわと口を開いた。数日前、伝通院で御祈禱をするからと、寺の者が寄進を願いまわっていたという。

「箱根を越えぬとよろしゅうございますが」

「あれは人の力ではどうにもできぬ病だから。また母上がおかしくなってしまう」

「南天の実と梅干を買っておかねばなりませんなあ」

「そんなものが効くなら医者はいらんだろう」

前にコロリが猛威を振るったとき、江戸市中では南天の実と梅干を煎じて飲めば恢復すると噂が立ち、源次が町中を探し歩いたものである。

「そういえば長崎の異国のお医者が、胡瓜や西瓜を食ってはならんと申しておるそうです。庭の胡瓜を焼きすてた方がよろしいですかなあ」

「おまえはそのような阿呆な噂をどこから聞いてくるのだ」

「奥さまでございます」

いまはまだ、江戸の町に動揺の声は聞こえない。千代田の城が微動だにせず構えているかぎり、この町は安泰だと呑気なものである。老中の安藤信正がその座を辞したとか、萩藩（長州）の長井雅楽が罷免された政変などどこ吹く風とばかり、穏やかに時が過ぎていた。

「ただいま戻りました、母上」

家に戻ると、庭にある畑の畝にしゃがみこんだお市が、汗を滴らせながら雑草を引き抜いていた。

「病にある者に出くわさなかったでしょうな」

「まだこのあたりではコロリの話は出ておりませんでした」

源次はそう答え、菓子を片づけに母屋に戻っていったが、すぐに表に出てくると、離れに梯子をかけて屋根瓦を直しにのぼっていく。ひと月ほど前、梅雨をひかえて屋敷中の瓦を葺き替えたが、また離れの天井の同じ場所にシミができたのだ。世が時疫に翻弄されようと、屋根の修繕は欠かせない。

淳之介もたすきをかけて梯子に手をかけたときである。多数の草履の音が近づいてきたかと思うと、唐突に母屋のほうから男たちが乱入してきたのだ。

畑にしゃがんでいたお市が仰天して立ちあがったが、男たちは真っすぐ淳之介を取り囲む。

捕吏を引き連れた奉行所の役人は屋根の上の源次を睨みつけ、ほかに家人がいないか調べるよう下っ端たちに命じている。

「これは何ごとでしょうか」

淳之介が足を踏み出すと、二名の捕吏が淳之介の前に立ちはだかった。

「小普請組支配弓削弘光配下、茅野淳之介に相違ないな。老中襲撃の一件に関与ありと認め召し取り候」

捕吏たちは両側から淳之介の肩と腕を摑み、地面に押し付けた。

「淳之介さん、これはどういうことです！」

梯子を下りてきた源次に支えられたお市が、青い顔で淳之介をにらみつけている。

「母上、どうぞご心配なさらず。なにかの間違いでしょう」

心当たりはありすぎるが、坂下門の一件は、南町奉行所の定町廻り同心青柳梅太郎直々の指図であり、それは上役の与力らも承知の話である。十分に吟味してもらえれば、疑いは晴れるはずだ。

だが、その淳之介の落ち着きぶりが、お市の癪に障ったらしい。

「あなたは幼いころから、間違いが過ぎます。たしか十のころでしたか、ご挨拶にうかがった鎌田さまのつけ髷の一件を覚えておりますか」

「ああ、鬢付け油の鎌田さま」

徒目付組頭の鎌田は、徒目付だった父、茅野政平のかつての上役である。淳之介は物心ついたころから、鎌田の頭部の違和が気になってしかたなかった。頭部が薄くなっても、武家であれば髷を結わねばならない。鎌田は薄くなった耳周りの髪を鬢付け油でなでつけているから、暑い日などはたらりたらりとその油が垂れてくる。

父と並んで坐礼し顔を上げた淳之介は、鎌田の頭を見て仰天した。

――父上、鎌田さまの頭が、蠟燭のように溶けております！

その後、政平が酒やら小豆やらホウボウやらを鎌田家へ付け届け、お詫び詣でをしていたらしい。

「だまれ！」

役人が怒鳴ると、お市は口を固く結び、淳之介を再びにらみつけた。

間者（かんじゃ）といえども、老中襲撃の一翼を担うことになったのだから、嫌疑をかけられてもしかたのないことである。

大番所へ連れていかれても、淳之介は呑気にそう考えていた。

数日後、吟味もないまま入牢証文が出されたと告げられたときですら、淳之介はまだ事態の深刻さに気づいてはいなかったのである。


小伝馬（こでんま）牢獄の入牢は、夕刻と決まっている。

湿った雨が降り出した暮れ時に、淳之介は大番所で入牢を申しわたされた。小伝馬牢に到着すると、すぐに改番所で衣服と下帯をはがされ、法度（はっと）の品を持ちこんでいないか検められる。

髪の中、口内、足の裏や脇の下、さらに今はコロリに加えて麻疹（ましん）患者も出ているので、からだの隅々まで異状がないか調べられた。

着物を返されてもまだ着てはならないと、扁平（へんぺい）顔の中年の張番（はりばん）にささやかれた。そして去り際に、

「ツルを仕込みやした」

と、耳打ちされたのである。はっとして顔を上げると、その張番は目をそらして去っていった。

青柳が根回しした男にちがいない。いまごろ青柳も奉行所内で、淳之介の素性について上役に進言しているだろう。

――そう悲観することもない。

囚獄（牢屋奉行）に次ぐ地位にある牢役人の「鍵役（かぎやく）」が、「東奥揚屋！」と叫ぶと、牢獄の奥から「おありがとうございます」と声が返ってきた。

小伝馬町牢屋敷は囚獄石出帯刀を長として、「牢役人」と称する同心たちと、牢内の雑用、見張、門番、炊事などに携わる下男の「張番」が、囚人の監視を行っている。

一方、囚人が収監されている各牢内は、「牢内役人」という役付囚人が自治を行っていた。その長は「牢名主」で、平囚人の生殺与奪の権を握っている。それ以外にも、牢名主の補佐をする「隅の隠居」や、「二番役」、「詰の本番」など、十ほどの役がある。それに就けるのは、入牢するときに多額のツルを持参した者や、役付囚人の知己である。ほかの平囚人たちは、役付囚人の命令に従わねばならない。

牢屋敷内の牢獄は、横長の建物内に当番所を中心として、東西それぞれに、二間牢、大牢、奥揚屋、口揚屋が並んでいる。その中でも、お目見以下の家格である武家や医者、僧侶は、「揚屋」に入れられた。淳之介も刑が定まるまで過ごすのは、東奥揚屋である。

入り口の右手に東の揚屋がある。さらに奥に進めば、町人などを収監する大牢だが、中戸があって奥は見ることができない。

日中は外鞘の格子から日が差しこむようだが、すでにあたりは夕闇に覆われて、牢内の様子は分からなかった。はたして日が昇っても暗闇なのではないかと、寒気を覚える。

牢内に放り入れられ、顔を踏まれ、ツルをはぎ取られるまで四半刻（三十分）ほど。すぐ表へ出られるとわかっていてもこの仕打ちはない、と内心青柳を恨めしく思った。

牢内役人のしゃくりが終わると、着物を身につけろと低く擦りきれた声がした。入牢のときに表に向かって礼を述べていた声である。

牢内では使用できないはずの蠟燭が灯され、あたりの様子がぼんやりと浮かびあがった。入牢しているのは、およそ二十人。これが多いのか少ないのかわからない。一枚の畳に囚人が四、五人収まるように座っていた。

ふたりの男に両脇を抱えられた淳之介は、声の主の前に跪かされた。

「牢名主じゃ」と坊主に言われ、淳之介は恐る恐る顔を上げる。顔は薄闇ではっきりしないが、腰の据わり具合から武家だとわかった。聞きかじっていたように、何枚もの畳を積み上げた見張畳の上から、牢名主が平囚人を見おろしていた。

「木俣善九郎だ」

木俣の年のころは三十半ばで、無精ひげに覆われた頬は骸骨のようにこけていた。首あたりの皮がたるみ、ここに入る前は豊かな体つきだったと思われる。

木俣の脇には硯や書物が置かれていた。煙管盆まであり、ここは法度など用をなさないものだと分かる。

柳井と名乗る男が、淳之介ににじりよってきた。〈二番役〉を務める鉤鼻の中年武士である。新入りに牢内法度を指示する役目だという。

「おまえは、下座じゃ。役につきたきゃ、家人に届銭を頼むのだ。さすれば、〈詰の本番〉くらいにはなれる」

「詰？」

「便所の番だ」

柳井がしゃくったあごの先に、暗い穴がひらいている。牢内の悪臭の元で、その脇に淳之介を打擲した坊主がしゃがみこんでいた。

やがて蠟燭が吹き消された。就寝後は、半刻ごとに鍵役同心が見廻りにやってくる。供をする張番ふたりがそれぞれ提灯と拍子木を持っていた。ツルを仕込んでくれた扁平顔の張番が、提灯をかかげて牢内を照らす。

「揚屋、変りはないか」

同心が格子越しに声をかけてきた。

格子の内に控える牢名主の木俣が、恭しく一同変りがないことを告げる。

提灯の灯りと拍子木の音が遠のけば、牢内に気怠い空気が漂い、どこからか「明日は沐浴だ」とささやく声が聞こえてきた。

夜五ツ（午後八時頃）になると、あたりから寝息が聞こえはじめる。新参は、入牢の夜のみ土間に寝る決まりで、一枚の畳で身を寄せるよりは楽だと淳之介は思いながら膝を抱えた。

町人がぶちこまれる大牢の酷さは心得ていたが、この揚屋は、地獄というにはまだ遠いと、淳之介は安堵した。

だが、それは大きな思い違いだった。

翌朝から、淳之介への過酷な私刑がはじまったのである。

二

おかしな夢を見た気がしたが、どんなものだったかわからぬまま目が覚めた。奇妙な感覚だけが淳之介の胸の内にべっとりと張りついて離れない。風通しの小さな格子に張りついた蟬が、けたたましく鳴きだした。目を凝らすと、格子に蟬の抜け殻が残されている。蟬はすぐに飛び去り、ずっと遠くから鳴き声だけがかすかに聞こえてきた。

牢内役人の〈五番役〉が、夜明けを知らせる声を上げげた。牢獄の一日がこの一声から始まる。

一晩、土間に寝ている間に、ふくらはぎから血がにじんでいた。床板の裂けている部分にひっかけたのだろう。

朝の一声から半刻ほどして、役人の牢内見廻りがある。大牢の方から、囚人たちの「エェイ」という時の声が聞こえてきた。揚屋にそのしきたりはないらしく、囚人たちは木俣の動きをじっと見つめているだけだ。

木俣は見張畳に寝転がり、ふたたび鼾(いびき)をかきはじめた。隅の隠居が鞘土間に近い内格子に張りつき、平囚人たちを威圧する。

朝餉は、黄ばんだ白米、味噌汁、ぬか漬けのみだが、牢内役人たちには麩(ふ)や魚が添えられていた。張番に頼んで買ってきてもらうのだと、背中合わせに座る囚人が淳之介に教えてくれた。家の者から差し入れられた届銭は、表の役人が預かっている。そこから銭が引き出され、張番が買い求めてくるのだ。

「銭さえ積めば、本でも墨でも煙草(たばこ)でも酒でも手に入るぜ。そんとき張番どもに金をかすめ取られるのを勘定に入れて渡す。外から金を無心すれば、格もあがる。畳一枚に座ることができるのさ」

「畳で足を伸ばして眠りたければ？」

「金百両を納めればよい」

とんでもない金額だが、命を惜しむなら安いものだと男は笑った。牢内は格子窓があっても風通しが悪く湿気もひどい。夏はとくに湿瘡(しっそう)を病む。小さな傷でもすぐに膿み、膿血を舐めに鼠が体を齧っていくという。淳之介は身を縮めて厠(かわや)の穴あたりに目をやった。小さな塊が、チロチロと動き回っている。

ふと足に目をやると、傷跡にはすでに白い小さな虫がたかっていた。おどろいて手で払うと、同じ畳の囚人らから笑いが漏れた。

「首を斬られるより先に、鼠に食われて死んじまうさ」

食欲の失せる話だが、めしを前にすれば腹の虫は鳴る。

淳之介が口に椀を運んだとき、頭上から腕がのびてきた。柳井に汁椀を取っていかれ、漬物も周囲の者たちが横取りしていく。

昼はたまに握り飯が出ることもあるらしいが、この日はなかった。奉行所の吟味に呼び出されない限り、みな銘々に過ごすことになるが、無駄口は禁止されている。ツルや音物（いんもつ）の多い者は身の上話や世情の話題を小声で交わしても、キメ板で折檻されることはなかった。

淳之介はじっと耳と目を研ぎ澄ませて牢内の人間を見極めようとしたが、顔をあげるだけで牢内役人から殴られるので、顔を伏せて座っていることしかできないのが苦痛である。

入牢して三日目の八ツ時に、安倍川餅（あべかわもち）が差し入れられた。隅の隠居が「おめえのツルだ」と淳之介に向かって黄色い歯を見せ、指で餅をつまんで淳之介の口にねじこんだ。抗（あらが）ってもあごを摑まれ、しっかり飲めと凄まれる。

「うめえか？」

淳之介がうなずくと、雪隠（せっちん）の横でうずくまる坊主がひひひと笑った。きな粉がのどに詰まる。口の中は水気が一切無くなり、カラカラで唾一滴も滲み出てこない。

あたりを見回すと、淳之介以外の囚人は水を飲んでいる。背合わせの男もズズッと湯呑みをかたむけていた。

夕飯は夕七ツ（午後四時頃）。朝と同じ献立だが、酒を呑む者もいる。家族の差し入れの重箱を開き、牢内役人たちに音物として与える者もいた。

淳之介に運ばれてきたのは、山盛りの黄ばんだ白米のみ。ひと口食べ椀を置くと、すかさず二番役の柳井がそばに来て、「食え」と凄んだ。

が、喉がふさがり飲みこむことができない。口の中は水気が全く無く、やはり唾も出なかった。

「すべて食うまで見ておるからな。米一粒、残すでないぞ」

みなの視線が注がれる。指先が震え、箸の先がカチカチと音を立てた。周囲から聞こえる汁をすする音で一層渇きに襲われ、歯と口の中が張りついて唇が開かない。

白米を食べても喉につまりうまく飲みこめず、何度も吐きだした。そのたびに柳井が米を集めて椀に戻す。

ようやく淳之介は事の次第を理解した。

これは「汁留（しるどめ）」という私刑なのだ。

喉の奥が常に張りついているので咳きこむと、よけいに喉が焼けつき痛みが走った。

咳が止まらないと、同じ畳に腰を下ろす囚人から背を殴られ、畳から落ちれば牢内役人からにらまれる。手足が痺れ夜も寝られず、こんな暗闇で誰が見ているのかわからないが、畳から離れるとすかさず殴られた。

さらに三日ほどたつと、汗の出ない寒気を伴う熱が出た。皮膚の内側だけが熱を帯び、手足の指先の感覚が無くなりはじめたとき、淳之介は己の命が危ういことを察したのである。

淳之介のツルは、すでに牢内役人らが山分けしている。手持ちの金は一銭もないから、張番に頼んで麦湯を貰うことも叶わない。

淳之介はここへ連れてこられるまで、どこか気楽に構えていた。世の政争や血なまぐさい闘争に関わってしまったのは降ってわいた災厄のようなもので、淳之介自身への憎悪ではないという達観した思いがあった。刃を向けられるのも、背後にある徳川という巨大な存在に対してであり、小石川の片隅でひっそりと暮らす茅野淳之介という無役の男など眼中にあるわけがないと、高をくくっていたのだ。

だが、ここで淳之介が受けている憎悪は、まさしく自分自身に向けられた、冷たく恐ろしいものである。殺されるかもしれない、と思った。

三

小伝馬牢は未決囚を留める場所だ。ここにいる間に罪に関して吟味をうけ沙汰が下る。島送りや江戸払い、敲きの刑に処せられるか、はたまた首をはねられ屍となって牢を出されるのだ。

だが、淳之介は一向に奉行所からの呼び出しがなく、無為に時だけが過ぎていた。その間も汁留の刑は続いており、このままならば死んだ方がましだとまで考えるようになっていた。

熱舎である。息苦しさに倒れる者もいるが、死ねば畳に余裕が生まれる。淳之介以外にも汁留の刑を受けている平囚人がもうひとりいた。

その男が、ひどく蒸し暑い日の明け方に息を引き取った。隣の畳の島にいた男で、昨夜はひどい咳をしつづけていたが、寝られねえと誰かが怒り、男の口に布切れを押しこんだのだ。苦痛の顔で死んだ男の体が畳から蹴り出された直後、淳之介も気が遠くなるのを感じたのである。

「──旦那、茅野の旦那ぁ、生きておりますかい」

気づけば、淳之介は内格子と外格子の間に延びる鞘土間の筵の上に寝かされていた。背がひやりと冷えている。顔をのぞきこんでいるのは、扁平顔の張番だ。

「……ここは」

小石川の教場で本を読んでいたはずなのに。はて、自分はなにをしているのか。

「死にかけていたんですよ」

半刻ほど前、平番士が牢内の見廻りに来ると、木俣から死人がふたり出たと申し出があったという。ぴくりとも身動きしなくなった淳之介を鞘土間に引きずり出したところ、虫の息だが生きていた。

汁留が行われていたことは表の役人たちも心得ていたため、すぐに淳之介たちに水がかけられたらしい。

張番の手には柄杓が握られ、ぴちゃりと水が滴り落ちている。急激に渇きを覚え、奪って一気に飲み干した。空になっても柄杓を舐める自分の姿を浅ましいと感じたが、それをおしても淳之介の体は乾ききっていた。

「こんなこと言っちゃあなんですがね、旦那。もうひとりのように死んでいた方がようございましたよ」

扁平顔の張番は鞘土間に寝かされている亡骸に目を落として、ぶるっと震えてみせた。

「ああ……おまえ、ツルの」

ようやく顔の判別がついて青柳の手下だと気づいたとき、胸の奥に痛みが走った。急に水をふくんだ胃の腑が悲鳴をあげたのだ。淳之介は体をねじってみぞおちを押さえた。亡骸を検分している初老の牢医が、ふいと目を逸らす。彼の目線の先には、鞘土間の様子をじっと見つめる牢内役人たちが居並んでいた。ここでは私刑を黙認するのが不文律なのだろう。

胃の腑の痛みはじくじくと続いていたが、喉の奥は生き返ったように息がかよっていた。

「あほすけ、そいつを中に戻せ」

平番士に命じられた張番は戸惑いの目を格子の中に向けたが、「へい」とうなずき、淳之介を立ちあがらせた。

「旦那ぁ、死んでおらんことを悔やまねえでくださいな」

牢に戻されると、すかさず鍵をかける音が響いた。土間の涼しさが後ろ髪を引く。

牢内の真ん中の畳に戻ると、背あわせの囚人が「また狭くなっちまった」と舌打ちした。

数日後、淳之介はあの扁平顔の張番の名が芳助だと知った。囚人や牢役人からは「阿呆助」と呼ばれている。銭勘定が得意でなく、囚人から使いを頼まれたときの手数料が、ほかの張番より段違いに安いのだ。

「阿呆助めは、馬鹿正直に使いの銭を全部を使いきってしまうのさ。ほかの連中は丸々の銭を掠めちまうってのによお」

たしかに芳助が見廻りについてくるときは、キメ板に記される買い出しの品数が多かったのを思いだした。芳助は底抜けにお人よしの男で、牢囚であろうが、頼まれごとを託されると心底嬉しそうなのだ。

囚人の中には、届銭がないので立て替えてくれと横着する者もいて、そんなあからさまな嘘を芳助は疑うことなく、憐れんで身銭を切って買い物をしてくる。

芳助は、青柳の手の者だ。早くここから出してくれるよう彼に伝言を託したい。

ようやく芳助がまわってきたのは、五日ほど経った日の昼下がりだった。囚人への差し入れを運んできた芳助は、ひとつずつ確かめながら柳井に渡していく。

この日、はじめて淳之介の名が呼ばれた。柳井のもとへ這って進み出た淳之介は、「書物と文だ」と告げられた。手を差しだすが、柳井はニヤリと笑ってそれらをかかげ、戸前に腰をおろしている隅の隠居に手渡した。

「ほう、おなごの手蹟じゃのお。『すきすきすき嘘つきの旦那さま』だとさ。なんとも下品なつけ文じゃ」

牢内から嘲笑が漏れた。このような文を寄こすのは、芸者舟吉をおいてほかに思い当たらない。先の坂下門外の暗殺未遂事件で、舟吉は首謀者の間者だと目され腰縄を打たれた。すぐに疑いは晴れたが事が事だけに客が離れ、芸者から身を引く羽目になったという。文には、青柳に新しい働き口を世話してもらい、そのときに淳之介の不遇について知らされたと記してあった。慰めに文をしたためたとある。末を言い交した仲でもない男に、軽はずみに文を出すのはどうかと心配になったが、文面からは舟吉の笑い声が聞こえてくるようで、不覚にも涙が出そうになった。

その様子を見ていた芳助が笑っている。にらみつけると、芳助から「これもござんした」と、直に一分金を手渡された。柳井たちが文を嘲るうちに渡してきた手際の良さに、淳之介ははっと顔をあげた。

これは命のツルだ。

「二番役どの、これで水を！」

淳之介が一分金を差しだすと、柳井は舌打ちしながら見張畳に目をやった。本を繰っていた木俣はのっそりと体を起こし、

「かまわん。そいつの金だ」

と告げ、本を閉じて牢内を見まわした。

「戦に(いくさ)おいて、敵に勝る策はなんであるか」

答えられる者はいるか、と木俣が身を乗り出す。

壁に寄りかかっていた牢内役人たちが、急な問いに戸惑いながら顔を見合わせる。立ち上がったのは、柳井だった。

「たやすいことよ。敵よりも強く鍛錬をすればよい。それこそが武士であろう」

その答えを聞いた木俣は、やおら畳から足をおろし、柳井を呼びつけた。褒美がもらえると勇んで畳の下に進み出た柳井だったが、木俣は声もなく彼の顔を思いきり蹴り上げた。床に倒れた柳井は、まだ愛想笑いを浮かべている。

「つまらぬ答えよのお」

木俣が舌打ちした。

「『成功の衆に出(い)づる所以(ゆえん)の者は先知(せんち)なり』この出典が分かる者はおらぬのか」

牢内が静まり返る。みな顔を伏せて息を殺しているのが分かった。

「孫子(そんし)の兵法であろう」

淳之介は渇いた喉を押さえながら、言葉を絞りだした。木俣は目を見開き、「さよう」と満足そうにうなずき、脇に控える隅の隠居に耳打ちした。すると隅の隠居はほかの牢内役人を集めて蹲(うずくま)ったままの柳井の頭に手をかけ、後頭部を格子にたたきつけたのである。そのあとも、牢内役人たちが伸(の)し掛かり、柳井が失神するまで折檻が続いた。

「な、なぜこのようなことを！」

淳之介がうめくと、

「解を違(たが)えた罰だ」

と隅の隠居が笑い、床に落ちた一分金を拾って鞘土間に投げつけた。

鞘土間で立ちつくしていた芳助を、木俣が一瞥した。芳助は金を拾って、急いで提灯を揺らしながら姿を消した。

柳井の体が牢内の中央に転がされた。平囚人たちはみな床に目を落としながら、ちらちらと木俣に媚びるような目線を送る。

木俣は、かなり弁が立つ男だった。淳之介がここに入れられて半月ほどたつが、木俣は誰かひとりをひどく折檻しながら、それを傍観するほかの囚人たちをこれ見よがしに褒めるのだ。すると褒められた者たちは、いっときの優越感に浸れる。その素晴らしい褒美をくれた木俣に服従してしまうのだ。

ときに平囚人に煙草や酒を与え、殴られて顔を腫らした囚人を横目に笑いあう。木俣に人心を掌握する術(すべ)が備わっているというよりも、囚人たちに善悪を判断する力がなくなっているのだ。柄杓の水滴を舐めてしまうような極限の状態では、致し方ないことなのかもしれない。

木俣が淳之介に向って口を開いた。

「戦いを有利に進めるには、まず敵を知ること。敵陣に間者を忍ばせ、刀を抜く前に勝ちを引き寄せておかねばならん。そうであるな」

——成功の衆に出づる所以の者は先知なり。

先知を怠れば、戦に勝ち目はない。孫子の兵法第十三章「用間篇(ようかんへん)」において、抜きんでた知者ほど間者を使い、敵情を事前に知っているものであると説かれている。

「茅野と申したか。おまえは阿呆助と顔見知りか」

「……知らん」

木俣はかすかに笑って、床に落ちていた淳之介の本に目を落とした。すると突然近くに座っていた平囚人のひとりが本を摑み、埃を払うような仕草をして木俣に手渡した。勝手に畳から出るなと牢内役人のひとりがその男のみぞおちを蹴り上げたが、男は畳に這って戻ると「顔を覚えていただいた」と嬉しそうに隣の囚人に囁いている。

人の心が朽ちていく様を見せつけられている気がした。

「『算法新書』とは、おもしろい選書であるな」

「それは……母の嫌がらせだ」

かつて御勘定御入吟味を受けつづけ、箸の先にも引っかからず、お市を失望させた淳之介だったが、牢内であっても研鑽を積めというのだろうか。せめて気の紛れる人情本でも差し入れてくれたらよいのにと嘆息をつく。

「そりゃあ、御頭の本領でございますなあ」

言った隅の隠居は、木俣の返事を待つことなく、淳之介の背をどんと突いた。見張畳の下に倒れこんだ淳之介は、木俣の足が動いたのを見てとっさに身構えたが、木俣はあぐらをかき『算法新書』をめくるだけだった。

「算術は、この世を変える力を持つ。まさに、これこそが幕府に忍びこんでおる間者にほかならん」

どういうことですかい、と隅の隠居が見張畳にすりよったが、木俣はすでに気がそがれたのか、本を床に投げ捨て寝転がってしまった。

その翌朝、柳井が牢の隅で死んでいた。

すぐに牢医が呼ばれた。顔は綺麗なままだが、着物の下は黒いあざだらけである。病死ではないことは明白だ。

鞘土間で検死する牢医の袖に、隅の隠居がさっと小粒を放りこんだ。

「御手洗いを」

隅の隠居にそう囁かれた牢医は顔色ひとつ変えず、柳井の着物を合わせると、壁に寄りかかって待っている平番士に「心の臓です」と告げたのだった。

「暑うございますからなあ。まだ出るかもしれません」

牢名主の木俣の言葉に、平番士が青い顔で「ほどほどにせい」と吐き捨てたが、とがめることはなかったのである。

その日の夕刻。柳井と入れ替わるように、勝谷寛二郎という郷士が入牢した。この男はかなりのツルを持ちこんでおり、翌朝には空席の二番役に就き、先客である平囚人たちを監視しはじめた。まだ二十歳は超えていないだろうが顔は日に焼け皺がより、ひと回り以上年を取っているようにみえる。

柳井という男の存在は、この世からも牢という地獄からも消えてなくなっていた。

四

芳助が格子に張りつくときは淳之介に届物があったときで、「こんどはどんなもんですかい」とにやにやと笑う。淳之介に渡される文は、まず牢内役人の手にわたり、朗々と読まれて平囚人らの笑いの種になっていた。

淳之介が牢に入れられて二月近くが経つが、淳之介を慰めるためか、舟吉は五日に一度ほど文を送り続けてくれていた。今日の文には「聡明叡智なる旦那さまが、御穢不浄なる牢獄にて過ごすことを思えば、涙に咽ぶばかりでございます。涙で三味の音色も湿ってしまう」のだと記されている。

「聡明叡智」の「聡」は耳にしたことを道理に沿って理解できること。「明」は全てを見分けることができること。「叡」は万物に通じていること。「智」は知識をよく理解できること。これらすべてを備える者は、生まれながらにして聖人である。その者がこの世に現れたとき、天がその人を君主とするだろう――朱子の『大学章句』の序文に記されている教えのひとつだ。

――おれはずいぶんと買いかぶられている。これでは舟吉の前で屁もできん。

芝居のように読みあげた隅の隠居が、「舟吉って女をここに呼べば、チントンシャンとやってくれるんじゃねえかい」と笑い出す。

「旦那の情婦は芸者でござんすか」

格子に顔をこすりつける芳助が、淳之介に話しかけてきた。

「そういやあ、高野さまもご内儀は其者あがりでござんした」

「高野とは？」

「ずうっと前の大牢の牢名主どの。お医者の高野さまでござんす」

蛮社の獄で投獄された、洋学者高野長英のことだろう。天保十年（一八三九年）、幕府の鎖国政策とモリソン号事件を批判した者に対し、儒学を尊ぶ目付鳥居耀蔵が、苛烈極まる弾圧を実行したのである。高野の身分は武家だが、町医者として門戸をはっていたため、この揚屋ではなく大牢に入れられていたという。

「そりゃあよくできたお方でやんした。蘭方医なるは、まるで妖術師のようでございますなあ」

芳助の首には、目をそむけたくなるような赤黒い傷が残っている。大牢の囚人ともめたとき、格子越しにキメ板でのどを突かれた。いまも勤めている牢医が助からぬと匙(さじ)を投げたが、代わりに手当てをしてくれたのが牢名主の高野長英だったという。

人望によって牢名主までのぼりつめたが、入牢中に自分の身が危ういと察し、芳助の同朋の張番に大金を握らせ、放火をそそのかし脱獄したのだ。

「火事があると、お奉行さまは切放(きりはなち)をしますでしょう」

牢内の火事はもちろん、敷地周りから火が迫ったときに、囚獄が囚人を解き放ち、三日のうちに再び出頭するよう命じるのである。素直に戻れば減一等。戻らねば打ち首もやむなしとなるが、脱獄にはもってこいの状況となるのだ。

「結局、手を貸したやつは磔(はりつけ)になりました。十両って金に目がくらんだそうです」

すると雪隠のそばに座っていた坊主が、「十一両積まれたら、おめえがやったんじゃねえかい」と、笑いながら芳助に詰めよった。

芳助は、しばらく考え首を横に振る。

「ここのお勤めが年一両と二分。あの火事が天保十五年辰歳(たつどし)六月の末だったから……はて、いかほど禄をいただいたのか」

指を折っているが、算盤(そろばん)ができない。

「二十五両は手にしたというわけだ。目先の欲に惑わされなかった芳助こそが、聡明叡智ではないか」

淳之介が感心してみせると、芳助は盆のくぼに手を当て、もぞもぞと体を揺らし恐縮した。

「やはりおまえはこいつを飼いならしておる」

寝転がり耳を立てていたらしい木俣がゆっくりと立ちあがる。嘲笑をうかべた木俣に命じられた添役が、すかさず淳之介の襟首をつかみ、木俣の足もとへ引きずり倒した。

「御頭のようなお方こそが、聖人となりえるのだ」

添役が言うと、木俣はまんざらでもないという風に口元を緩めた。

「阿呆助、もしもこの男が外に出られることがあれば、おぬしもこやつの塾へ通えばよい。いろはや数の数え方から教えてもらえるようだ」

芳助は鞘土間で目をさまよわせ、あとじさりしはじめた。すかさず隅の隠居が格子越しに芳助の腕をつかみ、格子に引きよせる。頬の肉が板に押しつけられた芳助は、顔をゆがめてうめき声を漏らした。

「やめろ」

淳之介は、木俣を睨みあげた。

「もしも芳助が望むのならば、私は喜んでいろはを教える。学びたいと願う者の出自によって門を閉ざすことは一切せぬ。もちろん牢名主どのとて同様だ。あいにくうちは板間ゆえ、見張畳はないのはご容赦願いたいが」

顔色をさっと変えた木俣が淳之介の横っ面をはたいた。口の中が切れて、喉にぬるりと血の塊が落ちていく。

「言い忘れていたが、己を聖人などと勘違いしている輩と論ずる書物も、うちにはござらん」

さらに振りあげた木俣の拳が、幾度も淳之介の頬を打った。隅の隠居から渡されたキメ板を木俣が振りあげたとき、牢内がざわつきはじめた。

平囚人のひとりが立ちあがり、おずおずと「わしは藩校で、聖人は民の喜びを一緒に感じることができる者だと教わったぞ」と言いだしたのだ。

添役が勝手に口をきくなと怒鳴ったが、ほかの囚人も「それこそ聡明叡智というもんだ」「するとと、なんでもいうことを聞いてくれる阿呆助は聡明叡智にちがいない」などと次々に声をあげる。


いつしか平囚人たちが割り当てられた畳から立ち上がり、許しを得ずに雪隠で用を足したり、牢内役人が隠し持っている煙管を奪って匂いを嗅いだりしはじめた。

「きさまら、おのおのの場に戻れ！」

詰の本番が目の前を横切った男を摑み殴りつけると、あっけにとられていたほかの牢内役人たちも、力ずくで平囚人たちを押さえつけていった。

二番役の勝谷が淳之介に押し掛ってきた。背骨がきしむ。これはあばらをやられると思った。その後も勝谷は執拗に淳之介を殴り、のどぼとけを絞めつけてくる。気が遠のいた瞬間に、ふっと勝谷の手の力が抜けた。

表から呼子笛がけたたましく鳴りだしたのだ。

牢内を眺めていた木俣の顔は、すでにいつもの酷薄な表情に戻っている。勝手に歩きはじめた男たちをじっと見つめていた。

平番士が駆けつけたとき、牢内には静寂が戻っていた。幾人か床に倒れているが、顔に傷を負った隅の隠居が、「筮竹をしておった」と告げた。筮竹は、竹ひごで行う易占で、ここでは賭け事に使われている。少々羽目を外したと木俣が詫びながら、鞘土間に立ちつくす芳助をひと睨みした。

芳助は、平番士にその通りだと応えた。すぐにわかる嘘だが、当番日に面倒ごとをおこしたくない平番士たちは、木俣に静かにするよう言い残しただけで、そそくさと牢を出ていった。

これから酷い折檻があるだろうと怯えていた平囚人たちだったが、木俣が一切罰は不要と牢内役人たちに命じ、淳之介を呼びつけると畳の下に跪かせた。

「ここにある畳はな、決してはみ出してはならぬ『境目』なのだ」

元の畳に腰を下ろし膝を折り曲げる平囚人たちを、木俣は睨めまわす。

血筋、勲功、家格——武家も商人も、生まれながらその道筋から逃れることはできず、枠の中に留まらねばならない封建の世をあらわしているのだ、と。

「それが、ククッ」

破顔した牢名主を、平囚人たちがぎょっとした顔で見つめている。

「こやつら、おぬしの無礼な言葉で、ひょいと境目をまたいでいきおった。引っ張っても、押し倒しても、折檻が恐ろしくて畳から出ようとせぬ者たちがな。おぬしは、面白い男だ」

木俣は隠し持っていた貸徳利を手に取り、自ら畳を下りると、淳之介に空いた湯呑みを差し出した。

「久しぶりに楽しかったのお。茅野、一献傾けようぞ」

「なにを言う、御頭。こいつはわしら役付きにたてついた男。しかも青鬼の狗じゃ」

隅の隠居が淳之介の襟首を摑んで床に引き倒す。

「かまわん。おぬしらのように刀を振り回すことしか能のないやつより面白い」

木俣は胡坐をかくと、淳之介の手にある湯呑みに酒を注いだ。

「呑め。牢医に頼んで手に入れてもらった酒だ」

湯呑みを持つ手が痛みで震えたが、ようやく口に運ぶ。酒は下り酒とは程遠いほど薄く、酔える代物ではないが、渇いた喉に張りついていた血が流れ落ちる感覚に眩暈がした。ふいに、見張畳に置かれた『算法新書』が目に入る。

「算術が本領と申しておったが、木俣どのは算学者なのか」

「わが父は、勘定方吟味役を務めるかたわら、代々の和算家としての顔も併せ持っておった」

惣領の木俣もまた算勘を認められ、長崎の海軍伝習所に出入りしていた。その時オランダ人から天文航法を学び習得したのちに、軍艦操練所において航海術も会得したという。

木俣の罪状は、幕府が所有する艦隊の情報を薩摩藩に漏洩したことだった。

「なぜ己の身分を捨て去るような所業をしたのだ」

「身分？」

嘲笑をうかべながら酒を見つめていた木俣は、静かに語りはじめた。

「私の生まれは代々百姓の家でな。村名主でもあった父が御家人株を手に入れ武士となり、木俣家で奉公しておった」

「では木俣どのは、主家に養子へ？」

「いや。私は正真正銘、木俣の家の嫡男だ」

「彼」は、百姓の出自ながら神童の誉れ高く、木俣家本家でも格別目をかけられ、学僕として跡取りの子とともに学問を習っていた。和算の家柄ゆえ、才のある者が目をかけられるのは当然であり、そこが他の武家とは大きく異なる点だった。もし徒士の家であれば、「彼」は生涯家人の子として生きることになっただろう。

だが、二十年前、木俣本家の惣領息子「林太郎」が遊女と心中してしまった。体面をおもんぱかった当主は、死んだのは息子ではなく、家人の子である「彼」に仕立てあげたのだ。

「つまり、私は十五の時この世から消し去られたのだ」

死んだ「彼」に新たに与えられたのが、「木俣林太郎」として生きる道だった。本物の林太郎は、蒲柳(ほりゅう)の質ゆえ滅多に出歩くことのない息子だったのが幸いしたのだ。

「拒むことはできなかったのか」

「同じころ、私の実の両親が辻斬りにあい命を落とした。生きるためには、木俣の父の言を受け入れるしかなかったのだ」

それが己の生きる道だと覚悟を決めた。

「木俣家は学問の家柄。才さえあれば、不安など抱く必要もない。腹をくくり、木俣家の当主になるべく研鑽を積んだ」

だが、二年前、木俣はある噂を耳にした。実の両親を殺したのは、木俣の父だというのだ。「彼」の実父は木俣本家の身代わり話を持ちかけられたとき、即座に断ったという。しかし主家の恥を知ったがために、妻もろとも命を絶たれてしまったのだ。

「むごい話ではないか。お家のため、世間体のために、私の実の親と、私自身もこの世から消されてしまった」

養父にその罪を問いただした。すると、養父は逆に「彼」を叱咤したという。百姓の血が途絶えたところで憂えることではないが、脈々と続いた武士の家系が、醜聞によって断ぜられることだけは避けねばならない、と。

やおら木俣は立ちあがり、明り取りの小さな格子窓に残った干からびた蟬の抜け殻を指で摘(つ)まんだ。それを自らの湯呑みの中へ放り、淳之介の目の前に掲げてみせた。

「まさしく、私はこの蟬の抜け殻。中身のない形だけの侍よ」

淳之介は、湯呑みに沈む抜け殻に目をおとした。姿形だけ侍である己を自嘲する木俣は、しかしそれを恥じている風でもなく、むしろ殻そのものをあざ笑っているように思えた。

「私は常に答えを探しておった。家康公は、生まれながらの聖人であったのか。それとも統治者となり聖人たり得たのか。そんな考えをしてしまう己は、やはり真の侍にはなれぬのではないかとな」

木俣がふっと笑みをうかべた。

「おぬしのおかげで私は答えを見つけられそうだ。学ぶことは、世の頂に通ずる。そして、学ぶことにより人はたやすく己の信条を捨て去ることができるのだ」

木俣は算術に長けた男である。すでに自分の中に確固たる答えがあり、そこに辿り着く方法を探ることに喜びを見いだすのだ。あれこれと行きつ戻りつしながら考える淳之介とは正反対の男だ。

「知っておるか。算術の道は、この日の本の道理をひっくり返す力がある」

「血によらず、おのれの才覚で立身できるからな」

「ほう、やはりおまえは気付いておったか」

徳川の世を守ってきた者たちも、そのことを十分に心得ていた。だからこの国では算術は後回しにされ、朱子学によって秩序を保ってきたのだ。

「それに多くの者が気付いたとき、この国の封建制度は終わりを告げる」

木俣は答えを導きだした学徒のように、頰を赤らめ声を上ずらせた。

「案外、おまえのように世情とは無縁であるという顔をしている者の方が、さだめられた枠組みの瓦解を最も恐れておるのかもしれぬな」

「私がなにを恐れているというのか」

木俣に挑発されている。分かっているのに、言い返す言葉がみつからない。

「殻から抜け出せず、そのまま息絶える蟬の幼虫にならぬように気をつけるのだな」

木俣は自身を蟬の抜け殻のような中身のないものだと言った。固い殻に包まれ守られてきた幼虫である淳之介と違い、その殻に何を詰めこむかは、木俣の心持次第なのだ。

もしかしたら、いまこの国には木俣のような空蟬が、ボウフラのように涌いているのかもしれない。

「ま、待ってくだせえ！」

唐突に素っ頓狂な声が聞こえた。鞘土間で耳をかたむけていた芳助だった。

「わしゃあ阿呆だからようわからんが、いっこずつ考えていくと、そのうち徳川さまがなくなっちまうってことですかい？　わしは徳川さまが好きじゃから、なくなるのは嫌でやんす」

そんなわけねえだろうと、牢内から芳助を馬鹿にした声が聞こえてきた。ここは攘夷論者も多く、幕政に批判的な者もいる。だが、武家の屋台骨である徳川が瓦解するなどあってはならぬこと。たとえ老中が背中に傷を受けようとも、不条理な通商条約を突き付けられて従わざるをえない武家の棟梁の姿に落胆しようとも、千代田の城から主がいなくなることは、決してあり得ないことだと、ここにいる大半の者が思っている。

やはり阿呆助だと、詰の本番が嘲った。張りつめていた空気が緩む。木俣は口元を緩ませたまま、鋭い目を湯呑みの中の抜け殻に落としたままだった。

五

夜中に目が覚めたのは、昼に殴られた時の痛みのせいだと思った。

いつも格子の前に座る二番役勝谷寛二郎が、静かに移動している。夜間の見張りなのだろう。しばらくして再び闇の中で目をあけた淳之介は、とっさに息をのみ、眼前にある大きな影の正体を探った。

「……！」

そこにあるのは、顔だった。頬にあばたの残る勝谷が淳之介の顔をのぞきこんでいる。起きあがろうとしたが、襟を摑まれ畳の外に引きずり出され、上半身を押さえつけられた。

「村越鍋太郎(むらこしなべたろう)を覚えているか」

淳之介と深川で立ちあい命を落とした水戸の攘夷浪士、村越鍋太郎。一年前の東禅寺(とうぜんじ)襲撃に与(くみ)し、逃走中に淳之介に追い詰められて自ら毒を含み命を絶った男である。

あの日から、淳之介の周りでは血なまぐさい闘争が繰り返され、巻き添えで小さな命まで奪うことになってしまった。

「兄を殺(あや)めた男を探していた」

「しかし名が……」

「勝谷は、叔父の姓じゃ。鍋太郎の死を伝え聞かされたときから、ずっとお前を仕留める好機を狙っておった」

村越鍋太郎には養子に出た弟がいると、正吉(しょうきち)から聞いていた。

常に誰かに監視されていたことを思いだす。昨年の冬、楓川で剣を交えたふたりの攘夷浪士は、緑香堂の松三郎を見張りながら鶉居堂も探っていた。だが、ふたりが死んだあとも、不穏な気配はつねに淳之介のまわりに纏わりついていたのだ。今の状況に至り、奉行所の手下が見張っていたのだろうと思っていたが、まさか村越鍋太郎の身内だったとは。

「……おまえだったのか」

淳之介が捕らえられたことを知り、寛二郎も自ら罪を犯し牢に入って、淳之介の命を奪う機を狙っていたのだ。

「昼間きさまを絞め殺そうとしたが、存外しぶとい」

生臭い息が鼻先に吹きかけられる。淳之介はあたりに目をやった。みな寝ているのか知らぬふりをしているのかわからなかった。牢内は男だらけで、中には肛陰をする者もいる。そう思われたら見ぬふりをされるだろうし、うるさければ蹴られるだけのことだ。いつも背合わせの男が身動きしたが、すぐに鼾をかきはじめた。

視線を感じた。雪隠のそばで、坊主頭の詰の本番がじっとこちらを見てほくそ笑んでいる。よく見れば、格子の内側に牢内役人たちが壁のように立ち、見廻りが来ても中の様子が分からないよう塞いでいた。寛二郎が前もって牢内役人たちに金を積んだにちがいない。

「兄の仇を、ようやく仕留めることができる」

淳之介は、村越鍋太郎の命を奪ってしまった。あの男のことなどなにも知らないのに。互いの人生において一時交わりを持っただけの間柄で、意図せず命を奪いあうことになった。考えてみればおかしな話だ。なぜ斬りあうはめになったのか。金のために青柳に手を貸したと言ったらそれまでだが、互いに命をかけるほど恨みを抱いてはいなかった。

一方で、寛二郎が淳之介を殺そうとする意味は、分かりすぎるほど明白で納得ができるものだ。口と鼻をふさがれると、淳之介の体の内が火がついたように熱くなり、やがて息ができなくなっていった。

脳裏に、少年のころまで暮らしていた本郷の茅野家が浮かんだ。四季が移ろうと様変りする庭に父と母がいる。雑草を抜きながら、楽し気に笑っていた。声をかけるとふたりが振り向いた。伝えたいことが山ほどあるのに、声が出ない。

遠のいていく意識の中で、蠟燭の火が揺らいで見えた。息絶えたのか確認をするためだろうか。坊主頭が顔をのぞいている。

と、背筋からすうっと血の気が引く感覚がして、みぞおちから突き上げるような吐き気をおぼえた。胃の腑が締めつけられ痛みを帯びている。嘔吐すると寛二郎が驚いて身をひるがえした。見ぬふりをしていた平囚人たちも、ようやく何事かと騒ぎはじめた。

さらにいまひとり、身をよじらせ苦しみ出した男がいた。見張畳で横になっていた木俣である。隅の隠居が駆け寄ると、「よるな！」と木俣が叫んだ。

「これは……コロリに違いない」

唖然と立ちつくす隅の隠居は、言葉の意味を理解できず薄ら笑いをうかべたが、淳之介だけでなく木俣も吐瀉（としゃ）すると腰を抜かして悲鳴をあげた。

とたんに牢内がざわめき、寝ていた平囚人がたたき起こされ、みなわけもわからず壁際に逃げていく。寛二郎は淳之介を見おろしながら仁王立ちになっていたが、坊主に腕を引かれて壁に身を寄せた。

木俣は口を押さえながら格子にしがみつき、声を張りあげる。

やがて提灯を掲げた芳助と平番士が鞘土間に姿を現した。

「コロリじゃ、コロリじゃ！」

牢内役人たちが口々に叫ぶと、芳助が大声をあげて逃げていく。どうにか踏みとどまった平番士が、「そのまま動くでない」と言い残して駆けだした。

格子窓から白々と日が差しこみはじめた。牢内は徐々に暑さを増し、腹痛と吐き気が加わり息ができなくなっていく。もう死ぬのかと淳之介が観念したころ、ようやく鍵役と、それに従う平番士二名、そして芳助、牢医がやってきた。

扉を開けた鍵役は、芳助に患者を鞘土間に運ぶよう命じた。だが芳助は恐れをなして震えている。見かねた牢医が「わしがまいろう」と牢内に入ってきた。木俣と淳之介の腕をとり内格子の外に連れだすと、平番士たちが足を擦りながら後退していく。筵に寝かされると、牢医がひとりずつ着物を開き、体を検めていった。

「発疹は見あたらぬ。麻疹ではなかろう。眼球が黄色く嘔吐もあれば、コロリと疑うべきである。ただちに両人を隔離し、溜(ため)へ移送されよ」

淳之介の頭の中には、コロリという言葉だけが反復して響いていた。これに罹(かか)って助かる見込みは薄い。まさか斬首や私刑や鼠の仕業ではなく、コロリで死ぬことになるとは思いもしなかった。

すぐに戸板が担ぎこまれ、牢獄の外へ運び出された。青空の下へ出た淳之介の顔に、暑さの盛りをとうにすぎた日差しが降り注ぐ。かぼそい蟬の鳴き声が間近で聞こえる。ぬれぬれとした粘り気のある風が吹き抜け、鼻腔にむっと草の匂いを感じ、ふいに死とは対極にある恐ろしいまでの生命力があたりに満ちているのを感じた。

木俣と淳之介は、午すぎには病人が収監される品川溜へ移送されることになったが、それまでは敷地内の拷問蔵に寝かされることになった。中には患者ふたりと牢医のみで、入り口の外に張番が見張りに立っている。

すでに吐き気は治まっていたが、胃の腑がぎりぎりと絞られるように痛く、その痛みによって熱が出ていた。隣に寝かされる木俣も青白い顔で嘔吐している。

すると牢医が木俣の横に膝をおり、耳元で「万事」と小声でささやくのが聞こえた。暗い蔵の中でよくは見えなかったが、木俣が牢医の袖に、なにか——おそらく金子を投げ入れたようだった。

「茅野淳之介」

しゃがれた声の木俣が、横たわる淳之介に声をかけた。

「牢から抜け出すことができたぞ。この先、おぬしはどうする」

熱で考えがうまくまとまらないが、その問いに対する答えは決まっている。

「家に戻る」

木俣がふっと笑みを漏らした。

「つまらぬが、それがおぬしの道なのだな。せいぜい、殻の中で腐れ死なぬことを願っておれ」

木俣が逃げだしたのは、品川溜へ移る道中だった。高輪に差しかかり、海辺の荷揚場で一頭の馬が暴れだしたと叫び声が聞こえ、一行が歩を緩めたときだった。

突然あたりからけたたましく呼子が聞こえた。コロリをおそれた護衛の番士たちは、囚人を寝かせていた戸板からかなり間を開けていた。そのすきをついて木俣が駆けだしたため、とっさに取り押さえることができなかったのだ。

身を起こした淳之介は、「動けば、斬る！」と護衛に刀を向けられたが、逃げる気力も体力もありはしなかった。唯一残っているのは、昨日、木俣と淳之介がともに呑んだ酒の味だ。牢医が手に入れた酒だとほくそえんでいた木俣の表情を思いだす。

——まさに、成功の衆に出づる所以の者は、先知なり。

木俣が寝ていた戸板が砂埃の舞う道の真ん中に打ち捨てられている。

まるで空っぽの抜け殻のようだと、淳之介は思った。

六

木俣の逃亡から数日がたち、八月も残り少なくなっていた。

身を拘束されてすでに二月以上が経過している。さすがにのんきな淳之介でも我慢の限界だった。

体が弱っていたので、そのまま身を置くことになった品川溜から再三吟味をするように訴え続け、ようやく奉行所に連れてこられた。そこで淳之介が南町奉行の内偵であることが明らかになり、即座に縄尻を解かれたのである。

奉行所に淳之介を迎えに来たのは、青柳ひとりだった。源次が来るつもりだったが、お市がコロリに罹るのを恐れて表に出ることを許さなかったらしい。

「麻疹が収まったと思えば、いまはコロリで次々に人が死んでいく。こりゃあおまえ、溜にいたほうが良かったと思うかもしれねえよ」

と、青柳は衰弱した淳之介の肩に手を置き、遠慮がちに軽く叩いた。淳之介の手足は肉が削げ、目は落ちくぼみ、乱れた鬢から白髪が垂れている。吟味の前にその容貌を目にした青柳は、とっさに息を呑み言葉を失っていた。

「なぜこれほどまでに手間取った。由見どのと湯治にでも行っていたのか」

さすがに嫌味のひとつでも言わねば気が済まない。

「おれだって寝て過ごしていたわけじゃねえ。むしろ、こっちも綱渡りだったのさ」

青柳は、淳之介にたいする嫌疑にははじめから異を唱えていた。筆頭与力への根回しに奔走したものの、その与力が卒中で倒れ帰らぬ人となってしまった。あとを引き継いだ与力が、とかく青柳の出世を良く思わぬ一派の筆頭で、下手をすれば青柳も老中襲撃の一味だと言われかねない状況だったのだ。

「八方ふさがりだったが、あるお方が味方についてくれてな」

淳之介の放免は、その人物の後押しで決まったという。

「それがなんと、小普請組支配弓削さまだ」

「弓削さまが?」

なぜ縁も伝手(つて)もない淳之介を助けてくれたのか。詳しい事情は青柳も要領を得ないが、弓削がこのように奉行に告げたという。

——ずいぶん前に逢対において、馬鹿のひとつ覚えのように頭をさげることに嫌気がさしているだろうと、あの者にたずねたことがある。すると『嫌でございますが、人に頭をさげられるのは、もっと嫌でございます』などと言いよった。武士としてなんとも情けない男だと思ったものだ。

あれは幕臣としては物の役にも立たぬ男だが、人としての真意をよく心得ておる。だからこそ、天誅などという浅はかなことをするわけがない――。そう説得して奉行を承服させたという。

　茅野淳之介という男が、弓削の中に良くも悪くも足跡を残していたようだ。

「小普請組といやあ、ようやく無役者らにお役がつくというに、おまえはまさしく運がない」

　近々、小普請組支配の旗本と御家人が、軍制改革のため軍艦奉行支配や陸軍奉行並支配へ、さらに五十俵以下の微禄の御家人は、御持小筒組勤方に組み入れられるとの噂がある。

　しかしいまの淳之介の状態では、洋式調練に耐えることができそうにない。青柳は相変わらず間の悪い友人に、同情の目を向けた。

「そんなことより」

「そんなこと？　お役目につくかつかぬかという事案を、そんなこと、などとほざくのはおまえくらいのもんだ」

「……ところで木俣は捕まったのか」

　木俣が自ら毒を口にして、コロリを装い脱獄に至ったことはすぐに判明した。普段から藪医者だと評されていた牢医の、死病を恐れぬ様子をおかしく思った平番士らが、牢医の身の回りを検めた。すると、頻繁に木俣とやりとりしていたことが知れたのである。牢医は木俣に丸めこまれ、差し入れの酒に砒霜石という毒薬を少量溶かし入れたと白状した。すでに牢医は捕縛され、淳之介とおなじ東奥揚屋に未決囚として入牢している。

「木俣らしき男が、高輪の薩摩藩下屋敷に駆け込むのを見た者がいたらしい」

　先ごろまで薩摩藩主の父御である島津久光が、参勤の名代として江戸に滞在していた。寺田屋事件のあと、朝廷から幕政改革の勅許を出させることに成功し、その勅使の公卿大原重徳を護衛して江戸へ入っていたのだ。

そのため人が頻繁に出入りしており、それにまぎれて駆け込んだようだった。

溜預けとなった牢囚の移送の際の失態は、それを監察する品川溜の役人の責任ではあるが、牢を監視する奉行所にも落ち度があった。いまも奉行所の手下たちが品川や高輪近辺の探索にあたっている。

木俣は、恐れ多くも徳川の治世を憎悪していた。はたして身を寄せた薩摩が幕政の転覆を考えているのか淳之介にはわからないが、久光に与したほうが自分の目的を果たせると木俣は考えたのだろう。閉ざされた牢内にありながら、世の動きや時疫の状況を的確に把握し、品川の溜へ送られることまで計算していたとしたら、高野長英に勝る奸智（かんち）の持ち主である。

淳之介に酒を呑ませて道連れにしたのは、少しでも警護の目を自分から遠ざけるためだったのか。ただの木俣の気まぐれか。それを知る術は得られそうにない。

木俣のように、徳川へ不信を抱くものは、これからいくらでも現れる。おのれが蟬の抜け殻だと知った武士が、この先どれほど生まれてくるのか。青柳や自分もそうなるのか。

さきほどまで耳障りだった蟬の鳴き声が聞こえない。

ふたりで大門まで歩いていくと、淳之介の草履の足音だけが妙に大きく聞こえてきた。膝と腰が痛くてうまく歩けず、青柳がいつのまにか目を赤くして洟（はな）をすすっていた。らしくないと笑ってやると、青柳はおのれの身が安泰だから安堵したのだと強がりを言って、ようやく笑みを見せたのである。

「勝谷のほうはどうだ」

「それは正吉に調べさせた」

村越鍋太郎の弟寛二郎は、兄の仇である淳之介を討つべく、養子先と縁を切り、国許（くにもと）を逐電したようだった。

「いまはまだ牢内におるが、罪は江戸払い程度のものだ。さほど長くとどまることはないだろう」

牢を出ることがあれば、すぐに知らせると青柳が言った。

青柳は小石川まで送り届けてくれることになっていたが、大門のところでふいに建物内から人が駆けてくるのが見えた。

「しばし、しばし待たれよ！」

ひとりの同心が血相を変え、青柳を呼び止める。

「たった今、早飛脚が届いた。神奈川生麦村にて英国人が斬られたそうだ」

「まことか。斬ったのはいずれの御家中か」

「薩摩が国許へ戻るさなかの騒動らしいが、仔細はまだわからぬ」

面倒なことになったと、同心は汗をぬぐっている。

そのあとも次々に早飛脚が門をくぐってきた。

「落ち着いたらうまい酒を呑ませろよ、青柳」

慌てて番所に戻っていった青柳に代わり、表門の外で待っていた正吉が駆け寄ってきた。門の脇に一梃の駕籠がある。青柳が自腹を切って用意してくれたらしい。

小石川三百坂の家に到着して駕籠からおりると、門前で源次が待っていた。留守を詫びると、涙をこらえながら「ようござんした」となんども繰り返し、淳之介の体を支えながら母屋のほうへと足を運んだ。

「おかえりなさいまし、旦那さま！」

玄関脇の庭から駆けだしてきたのは、縞の小袖姿の舟吉だった。あっさりとした丸髷に化粧っ気のない顔は幼く、たすきをかけて右手にはすりこ木、左手には猫じゃらしを摑んでいる。舟吉のあとを追うように庭から青い目の野良猫が姿を現し、彼女の足もとにじゃれついた。先ほどまでの遊び相手の舟吉を取られたのだろう。猫が淳之介をカッと威嚇してくる。舟吉が草履の先で猫を小突くと、猫は花壇の隅に咲く、橙色の萱草菜の花を押しつぶして逃げていった。

「お帰りをお待ち申しておりました！　いやあ、なんとお痩せになって。今宵はたんと御馳走を拵えますから」

料亭で聞いた心地よい唄声はなりをひそめ、耳にキンと届く舟吉の声音は、牢に届いた文面の陽気さそのものだった。

「なぜ舟吉がここにおるのだ」

「実は奥さまが寝こまれまして。世話をする女を雇おうかと思ったのですが、奥さまが病を連れてくるよそ者は嫌だとごねましてなあ」

そこで源次が青柳に相談したところ、身寄りも行き場もない舟吉に身の回りの世話をさせようとなったらしい。いまではいっぱしの新造気取りでございます、と源次が苦笑いを浮かべた。

「……淳之介さん？」

母屋の台所口からお市がそっと顔を覗かせた。庭に出てくると、すぐに花壇の花が荒らされていることに気づいて眉をゆがめている。その顔つきのまま、淳之介の前に立ちふさがると、手のひらを開いてみせた。

「五両」

「え？」

「このたび使用した金子でございます。青柳さまに託したツルの二両、そのあとの諸々の届銭や方々への付け届け。どうまかなえばよいのかと頭を悩ませておりましたが、やはりあなたがお役に就かねばならぬようです」

そんな大金をどこで工面したかとたずねると、「実は差出人が分からないのでございます」と、源次が首を傾げた。

「降ってわいたようなことを言う」

「まことでございます。淳之介さまが大番所に連れていかれてすぐに、見知らぬ老婆が当家に参りましてな。ご当主をお救いするようにとのことで、五両を置いていかれました」

気味が悪いので、お市はすぐに突き返そうとしたが、老婆はこれ以上詮索するなとくぎを刺したという。淳之介の罪状は老中暗殺未遂である。茅野家に手を貸したと見なされれば、先方もあらぬ疑いをかけられるだろう。

「牢獄は金次第でございます。その奇特な方のお申し出を受けることにしたのです」

弓削だろうか。それならば早く体を治し、礼に赴かねばならない。

しかし、今の淳之介は立つのもやっとで、源次の支えがなければこの場でうつ伏して眠ってしまいそうだった。空いた肩をお市が支える。久しぶりに母の匂いを間近に感じると、庭の草木の香りがした。やっと家に戻ってこられたのだ。鼻の奥がツンと痛くなる。

「とりあえず、金の話はまた次の機会に。まず、休ませてください」

「すぐに床(とこ)の支度をいたしますね。新しい浴衣(ゆかた)も縫ったのですよ」

舟吉が母屋に駆けて行こうとする。

「ミヨ、まだ御勝手の片づけが終わっておりませんよ」

お市が深く息をつく。

「ミヨ？　舟吉の名か」

「実る世と書きます。はじめはお母上さまから『其者あがり』なんぞにうちの敷居はまたがせぬ、などと罵詈雑言を吐かれましたが、ちかごろようやく私をお認めになったようでございます」

「つまらぬ法螺はやめなさい」

お市が舟吉をにらみつけている。

「あなたはあくまでうちの奉公人でございましょう。口の利き方に気をつけなされ」

「あれ、私は旦那さまの妻のつもりでおりました」

「身分をわきまえなさい。芸者あがりがなにを言い出すやら」

「その芸者あがりの唄を聴いて、これからも側にいてくれと床の中で涙を流されたのは、お母上さまでございますよ」

「母上などと呼ぶなと申しておるでしょう、実世！」

するとと舟吉は肩をすくめ「はいはい、大奥さま」とおどけて庭を駆けていった。源次があとはおまかせを、とお市に告げると、舟吉のあとを追うお市が「漬物すらまともに漬けられないんだから」とぼやいている。

「おふたり、仲ようござんしょう？」

源次が淳之介の体を支えながら、玄関にゆっくりと歩いていく。

「あれがか？」

「実世どののおかげで、奥さまはなんとかご自身を保っておられました。やはり、小言をいう相手がおらぬと、張りあいがないようでございまして」

舟吉——実世ならば、相手のし甲斐もあるというものだ。

ふと、玄関の足もとに転がるなにかを踏みつけた。足をあげると、黄に色を変えた蟬の抜け殻だった。

耳を澄ますが、すでに庭木は秋めいて蟬の鳴き声は聞こえてこない。庭の土の中には、今年はまだ羽化しなかった蟬の幼虫が眠りについているのだろうか。それとも、殻から抜け出せずそのまま命を終えたものもいるのだろうか。

木俣は中身がないことを強みとして、しがらみである殻を捨てていった。どこまで飛び去っていったのか。

源次の肩に手を置いたまま、体を折って殻を摘もうと手を伸ばした。黒い影が足元をすぎていく。

見ると青い目の野良猫がじっとこちらを見あげていた。その口には蟬の抜け殻が咥(くわ)えられており、淳之介が瞬きをする間に、猫はその殻を一息にかみ砕いてしまった。

忘れ草

一

「もう晩春だというのに、今年も梅の花は咲きませせなんだ」

花の盛りはあまたあれど、茅野（かやの）家は梅が実る日をなによりも心待ちにしている。庭の隅に植えられた細い梅は、そっぽを向いたように、ほかの春の花と足並みをそろえてくれない。

梅を見上げてぼやく源次（げんじ）の髪が、ずいぶん薄くなってきたとながめながら、淳之介（じゅんのすけ）は庭に面した茶の間にうつ伏せになったまま「ムム」と呻（うめ）いた。

「もうちと優しくもんでくれ、実世（みよ）」

「旦那さまの体が薄すぎるのです。もうすこし精のつくものを食し、力を養った方がいいですよ」

実世が、淳之介の腰をぐっと押す。どこにそんな力がと首をかしげたくなるほどの力持ちで、先日もお市（いち）に頼まれ漬物石を運んでいたが、あとで淳之介がそっと持ちあげようとしたらびくともしなかった。

「おぬしのような番方が幕府の側におれば、戦況はいますこし変わっていたかもしれんなあ」

「ええ、私がひとつ撥（ばち）をさばけば、両軍は前進をとめて踊りだしますよ」

それならどれほど世が平穏であるかと思いながら、淳之介は腰の痛みにまた呻いた。

「旦那さま、珍しいお方が参りましたよ！」

梅の枝を切っていた源次が表から叫んでいる。垣根のむこうから相好を崩しながら近づいてくるのは、緑香堂（りょくこうどう）主人、松三郎（まつざぶろう）だ。

わずかに足を引きずっている。七年前、楓川（もみじがわ）で攘夷浪士に襲撃された時に負った傷のせいだ。

「ほう、梅ですか」

松三郎は垣根越しに源次に話しかけている。この木が植えられている場所に心当たりがある松三郎は、しばらく沈痛な面持ちで見つめてまぶたを伏せた。

「一向に咲きませんで、ずいぶんとのんびりした木でごぜえます。まるでうちの旦那さまのようでして」

源次がしんみりした気を払うようにおどけてみせた。

「梅が一本きりで寂しいのではございませんか？　梅の実は多種の梅木を植えると生（な）りがよいと聞いたことがありますが」

庭に入ってきた松三郎は、梅の根元にしゃがみこんで土を触った。

「あとは肥（こえ）が強すぎるのやもしれませんぞ」

「はて、多くては都合が悪いというのか」

母屋（おもや）の広縁に這って出てきた淳之介を見た松三郎は、心配そうな色を浮かべる。

「おや、どこぞ悪くしましたか」

淳之介は沓脱石（くつぬぎいし）で草履をかけ、縁に座り頭を掻いた。

「うちに通っている子と相撲をして、腰を痛めた」

あいかわらずですなあ、と苦笑いを浮かべた松三郎は、茶を運んできた実世にも頭を下げる。

「御新造（ごしんぞ）さま、お初にお目にかかります、と……」

ふいに松三郎は目を丸くして、実世の顔をじっと見つめた。

「もしや新橋の舟吉（ふなきち）じゃあございませんか！　むかし、あんたさんの『秋の夜（あきのよ）』を聴（き）きましてな。いつのまにやら足を洗われて残念におもっておりましたわ」

実世が三味線（しゃみせん）を奏でる真似をしながら、嬉しそうに歌いはじめた。

「秋の夜は　長いものとは　まん丸な　月見ぬ人の心かも——でございますね」

「これ、ここは座敷ではないぞ」

淳之介は母屋の奥に目を向ける。お市が耳にしたら、曲がりなりにも武家の嫁がはしたないと目をむいて飛びだしてくるに違いない。お市は寛永寺（かんえいじ）へ供物を届けに行っているから大丈夫だと、実世が桃色の舌を出した。

「ところで、肥が多いと花が咲かぬというのは？」

「茶の話でございますが。施肥（せひ）が多すぎると、茶の花は咲きませんで。腹がふくれすぎるとうま味を感じぬようなものでございますかね」

「なるほど。腹八分目がよいということか」

「人も草木も地に足をすえてほどほどに生きよということでしょうか。とはいえ、私どもは茶の葉を良きものにするために、花は摘んでしまうのですがね」

カラカラと笑う松三郎は、あいかわらず淳之介の中に植えられた当たり前という固い殻を割ってくれる稀な人物である。

「それにしても、こちらに生えている忘れ草は、土が合うのかずいぶんと株をふやしておりますなあ」

実世が「そんなものありました？」と首を伸ばして庭を見た。お市が丹精込めて作った庭には、四季折々の草木が咲き乱れている。松三郎が指さしたのは、まだ花をつけていない萱草であった。一日二日で花が枯れてしまうので、忘れ草とも呼ばれているらしい。

「横浜の花売りの男から聞きましてな。明るい橙色の花ですので、異人に好まれるようでございます」

日本では花自体は金にはならず、根や葉、蕾が生薬として重宝されるとのことだった。

「枯れるために咲いているような花だと思っておりましたわ」

実世が感心したようにうなずき、萱草菜――忘れ草を見つめている。

「緑松はいまも異国相手に商いをしておるのか」

淳之介の横に腰を掛けた松三郎は、すぐには返答をしなかった。茶をすすりなにやら小考したのち、背を伸ばし淳之介の顔を見つめた。

風呂敷包みから、一冊の帳面を取りだす。

「神田多町の本宅を始末し、商いのすべてを横浜へ移すことになりました」

店の屋号も「多町商会」と改めたため、その報告がてら小石川まで足を延ばしたようだった。

だが、いまひとつ別件で用があると言って、松三郎は帳面を開いて縁に広げた。

「猪原岐山さまをご存じであられますか」

「父の同輩で、茅野家が小普請入りしてからも気にかけてくださったお方だ。なぜ緑松がその名を知っておるのだ」

「先々代が店を構えたころからのつきあいがございまして。永らく猪原家に茶を卸しておりました」

それだけではない。かつて松三郎が淳之介の開く学問所「鶉居堂」に通っていたとき、お市から猪原家へ茶を届けてほしいと何度か注文を受けていたという。

七年前の売掛帳によると、猪原が本郷から下谷へ移ったと書き加えられていた。

「いつでしたか、お市さまから、猪原さまの所在を教えてほしいと頼まれました」

その時はこの売掛帳が見つからず、猪原の家移り先が分からなかったのだ。

淳之介が家督を継いで少し経ったころに、長患いをしていた内儀を亡くしたと耳にしていた。

「猪原さまは家督を甥御どのにゆずったが、そのあとの仔細はわからぬままであった」

淳之介の脳裏に、六年前の入牢騒動が思いだされた。

あのとき、茅野家に大金を工面してくれた人物がいたが、いまだにその素性が明らかになっていなかった。出牢に関して口添えをしてくれた小普請組支配の弓削弘光にはすぐ礼を述べに出向いたが、ツルの件に触れると、それは全く覚えがないと否定された。

すると、お市は「猪原さまではないか」と胸の内を淳之介に語った。礼を言わねばと思いながらも、その機を逸していた。家督を継いだ甥一家も役替えがあったらしく、本郷の家は引き払われて居所を知ることができなかったのだ。

だが、もし知り得たとしても、茅野家に関わりたくないと猪原が思っていたら、逆に迷惑がかかってしまう。

お市もそれを察して、いずれ時が来たら居場所を探し、お礼に伺おうと言ったきり、世情のめまぐるしさの中でつい先送りしてしまったのである。

「近いうちにお伺いしてみよう」

「くれぐれもお気をつけを。町中はそこかしこで、官軍の藩士どもと彰義隊の小競りあいが起こっております。先日も、うちの店で薩摩者が暴れて往生いたしました」

「そのような無頼者らを、彰義隊が追いはらっていると耳にしたが」

「私どもにしてみれば、どっちもどっちでございますよ」

先日は、浅草本願寺の彰義隊士らが緑香堂に押しかけ、隊用途金を納めよと脅していった。断ると毎日のように隊士が嫌がらせにくるようになったという。江戸の本店を閉める要因のひとつだった。

すでに徳川慶喜は、朝廷に対し恭順の姿勢を貫いている。にもかかわらず、薩摩こそが逆賊であるという主戦論を唱える集団が、浅草本願寺において「彰義隊」を結成した。現在は一番隊から十八番隊まで増えつづけ、隊士の数はあわせて二千以上に増えている。

彼らは日の丸の下に「彰」の字を書き、抜身の槍を振りかざし市中を巡回していた。すでに命はないものと覚悟しているため、金遣いは剛毅で吉原や呑み屋の女にもてはやされているらしい。

このあたりの事情は、南町奉行所の定町廻り同心青柳梅太郎から聞かされている。これまで江戸の秩序を守ってきた町奉行所はその機能を放棄し、市中見廻りは彰義隊にゆだねるはめになっている。それでも青柳は正吉らを使い、相も変わらず市中で頻発する盗みや殺しなどの処理にあたっていた。

「御城から将軍が退かれるなど考えたこともありませんでした。世の中の道理というものは、一夜にしてひっくり返り、そしてさも当然のような顔をして私どもの前に居座るのでございましょうな」

世の流れを注視してきた商人でも、このような行く末を読むことはできなかった、と松三郎は肩を落とした。

「むかし、それを予言した者がおったぞ」

「なんと、すぐれたあきんどでございますなあ」

牢で出会った木俣の行方は知れないが、あの男なら今の時勢をほくそ笑んでながめているだろう。

「来月には御城が新政府軍に明け渡されるそうで、無性に寂しさを覚えます」

商いの目を海外に向けているとはいえ、長く徳川の世とともにあった松三郎たち商人は一抹の寂しさを覚えるのだろう。それは淳之介とて同じである。

「これ以上大きな争いなくことが済めばよいが……」

「先生は江戸が焼け野原になってもきっと生き残りますよ。なぜかあなたにはこの世への執着の神様なるものが宿っておられる気がします」

庭の掃き掃除をしていた源次が、「さようでございますなあ」と小声でつぶやくのが聞こえた。

二

小伝馬町牢屋敷から無事に生還したあと、のんびりと静養するつもりでいた淳之介の身の回りは、にわかに騒がしくなっていた。

小普請組の茅野家は、文久二年（一八六二年）冬の幕府軍制改革による対外防衛と国内統制を目的とした再編により、御持小筒組を命じられた。

お市の喜びようといったら盆と正月が一緒に来たかの浮かれっぷりで、四谷仲町のそばの小さな組屋敷へ家移りしたあと、親類縁者を集めて三日三晩振舞いをひらいたほどである。さらに淳之介が独り身であることは世間体が悪いからと、実世を兄の佐原善之丞の養女とし、淳之介と添わせてしまった。すでに押しかけ女房面だった実世を妻に迎えることに異論はなかった。が、お市と実世はどちらも我の強いおなごである。淳之介の気苦労が増えてしまった。

それからの淳之介は、日々訓練所へ通い、洋式調練の過酷さに打ちのめされた。

思い起こせば、これまで淳之介が身に付けてきたことと言えば、物を申さぬ小普請組支配弓削弘光の眼前で頭をさげる角度や辛抱する忍耐力だった。三十路ちかい男が突然未知の操練を強いられても心と体が動くはずがなく、小普請時代を懐かしむ日々が続いたのである。

世の中もめまぐるしく移り変わっていた。

文久三年に長州（萩藩）が、攘夷の朝旨を実現するため、幕府の約した攘夷実行期日の五月十日から、下関海峡を通過する列強諸国の艦船に砲撃を加えてしまった。この一件によって、幕府の統治能力では攘夷運動を抑止できないと判断したアメリカ、イギリス、フランス、オランダの列強四か国は、攘夷運動の本拠地である長州藩に対して直接武力行使に出ることとし、四か国連合艦隊を下関に向かわせた。

下関で大敗を喫した長州は、すでに攘夷が不可能であることを身をもって知ることとなり、敵対する薩摩と手を組み、倒幕の狼煙を上げた。すでに江戸は世の流れから取り残されていたのである。

年号が慶応に改まったころ、淳之介は城郭の警護に当たっていた。しかし牢内で受けた暴行と毒のせいで体の恢復が思わしくなく、労役に向かぬと暇乞(いとまご)いをしようと考えていた。

それをお市に告げると、

「この難事にあり隠居するなぞ、三河(みかわ)以来御奉公を続けてきた茅野家のご先祖さまに申しひらきができません。せめて、城が焼け落ち灰と帰すまで、共に斃(たお)れる気概をもちなさい。あなたのそれは詐病です！」

と、まるで極端な攘夷論者のような気迫で叱咤されてしまった。

だがどうしたって淳之介の体は訓練に耐えられず、こちらから願い出るまでもなく、御持小筒組から暇を命ぜられた。お市の願いもむなしく、茅野家は三百年にわたる直参(じきさん)としての役目を終えたのである。

明けて慶応二年（一八六六年）七月。上洛していた家茂(いえもち)公が薨御(こうぎょ)し、かつて尊王攘夷派が強く推挙していた徳川慶喜が第十五代将軍に就任した。翌年十月十四日、慶喜が政権返上を天皇に奏上し、十二月九日に王政復古の大号令が発せられると、二百六十年余の長きにわたって続いた江戸幕府も、名実ともに終わりを迎えたのだった。

四谷の組屋敷を出ることになった茅野家は、再び小石川の貸家へ戻ることになった。幸いかつての家は空き家になっていた。近所の住人の話では、すこし前に番方の一家が暮らしていたが、不審な男が家をのぞき見しており、気味悪がってすぐに引きはらっていったという。

淳之介にとって、我が家と言える場所は、庭が広く草むしりに辟易する小石川の貸家である。花壇は荒れはて、夏の盛りの下で橙色の忘れ草だけが咲き乱れていた。

教場に使用していた離れもさほど傷んでおらず、そこを再び鶉居堂の教場にすることになった。これまで武芸よりも学問に傾倒する淳之介を快く思っていなかったお市だが、

「こんな世であるからこそ、学ぶことをやめてはなりません。徳川さまの教えをのちに伝えるためにも、いまできることをなさいませ」

と、頭を切り替えていた。

実世には三味線指南の看板を出させ、鶉居堂の半分を三味線の稽古場とし、お市自身は、上野寛永寺で恭順の意を示し謹慎する慶喜公への音物を届けることで、己が信じてきた茅野家を守ろうとしているようだった。

千代田の城が新政府軍の手に渡り、江戸では錦ぎれを腕につけた官軍が町を我が物顔で闊歩している。慶応四年四月十一日、慶喜公が水戸へ隠遁するため江戸を離れてから、彰義隊と官軍の間で小競り合いが頻発し、各地で緊張が高まっていた。

今朝もお市が慶喜公の御無事を祈りに出かけるというので、むやみに町をうろつかないよう言いふくめたが、淳之介の懸念が的中してしまった。

「淳之介さん、淳之介さん！」

ただならぬ母の声に、淳之介は昼寝から起きて外に出た。裏木戸から戻ってきたお市は、珍しく取り乱している。

お市が振り返る先を見ると、源次に担がれて肩から血を流す若者が立っていた。

「鉄太郎ではないか！」

年明けから鶉居堂で世話をしている青柳鉄太郎だ。青柳と由見の十五歳になる長男である。月代はまだ青々として、がっしりとした体軀と顔つきのわりに、つぶらな黒目が柔らかな印象を与えている。父と同じ外神田の心形刀流有馬道場で、幼いころから稽古にうちこんでいた。

武芸に限らず、学問も良くできるそうで、ふた親の良いところを存分に受け継いだ頼もしい跡継ぎだ。

昨年の暮れ、青柳から鉄太郎を預かってほしいと頼まれたとき、ようやく友はおのれを認めてくれたのかと感慨深く思った。しかし、鶉居堂で学びたいと言い出したのは、鉄太郎自身だったという。

淳之介のもとに挨拶に来たとき、そのわけをたずねると、鉄太郎は淳之介の前に座して目を輝かせた。

「茅野のおじさん……いえ、先生は、かつて攘夷浪士どもと剣を交え、老中暗殺を阻止することに奔走したとききました。学問だけではなく、身をもって徳川さまのために役目を果たされておりります。陰ながら尊敬の念を抱いておりました」

それはやや買いかぶりすぎだと、淳之介は苦笑した。

鉄太郎は父の跡目を継ぐため、奉行所への出仕を待っていた。だがこの状況下ではそれも叶わない。口にはしなかったが、この先御家人（ごけにん）がどうなっていくのか、先の見えない強い不安を鉄太郎は抱いていたのだろう。

「父上からは、母や弟と、親類のいる甲府へ移るよう申しつけられましたが、今われら徳川の臣が城下を離れるわけにはいきません」

「なるほど。私のところに通うといえば、江戸にとどまることができると考えたわけか」

淳之介が鉄太郎の丸い瞳を見つめると、鉄太郎は痛いところをつかれたのか、淳之介を射すくめるようににらみ返してきた。

「先生のもとで学びたいという気持ちは真（まこと）でございます。父も母も、先生のことを心底慕っており、それがどうしてなのか知りたいと思っておりました」

　鉄太郎は母に似て好奇心の旺盛な若者に育ったらしい。

「ですが、いまは学びに費やす時はありません。すでに世は戦乱の渦中にあります。長らく眠り続けた武士（もののふ）は、ようやく目覚めることができたのですから」

　鉄太郎の言う通り、己の尊厳のために戦う侍たちと、ともに立ちあがろうという若者を前にして、はたして本を繰ることを良しとすべきか。淳之介にも葛藤はある。

「だがどのような時局でも、学び続けるべきではないか」

「なんとのんきな。いつここが戦場になるともわかりませんよ。ゆっくりと座して書を繰るのは、世が穏やかであればこそでしょう」

　鉄太郎は、父譲りの鬼瓦のような顔を紅潮させていた。昔、お市から常々「なぜ母の想いがあなたには伝わりませんのか」とぼやかれたものだが、はたして今の淳之介も同じ気持ちで若い鉄太郎と向かい合っていた。

　こんな無鉄砲な鉄太郎を追い返したら、糸の切れた凧（たこ）を暴風雨の中に放つようなものだ。鵜居堂で目を光らせていた方がいいと、淳之介は考えた。有馬道場へ通わない日は必ず鵜居堂へ顔を出すと約束した鉄太郎だったが、三月に入ってからぷっつりと姿を見せなくなっていた。

　道場まで様子を見に行ってみると、鉄太郎は道場の仲間たちと一心不乱に木刀を振り汗を流していた。やはり青柳の血を濃く継いでいると感心し、しばらく様子を見ることにしたのだ。

　母屋の座敷で源次に手当てされている鉄太郎は、裾のつぼんだ義経袴（よしつねばかま）に水色の打裂羽織（ぶっさきばおり）をまとい、朱鞘（しゅざや）をさしている。

「おぬし、いつの間に彰義隊に入ったのだ」

淳之介の問いには答えず、鉄太郎は肩をおさえて顔をゆがめる。源次はさほど深い傷ではないと言い、横で見ていたお市と実世が安堵の息をついた。

「母上、一体なにがあったのですか」

「源次を連れて神田明神へ参詣した帰りに、水戸さまの御屋敷の前で、東征軍の者たちに足を止められました」

東征軍とは、旧幕府軍を制圧するため派遣された新政府軍である。薩摩、長州、土佐、彦根などの諸藩兵から成り、東征軍を統轄する東征大総督府の最高指揮官は、天皇から錦旗と節刀を授けられた有栖川宮熾仁親王が任命されている。よって東征軍は官軍であり、制圧すべきとされた旧幕府軍は賊軍となる。

お市が無視すると、兵たちが無礼だと言いがかりをつけてきたという。その時、巡回中の彰義隊士数名が通りかかった。そのひとりが、鉄太郎だったのだ。

口争いは、やがて太刀を合わせる斬りあいとなったが、水戸屋敷から家人が出てきて、東征軍の兵士らは散り散りに逃げ出していったという。彰義隊士が彼らを追撃したが、お市と源次をかばいながら立ちまわった鉄太郎は、肩に傷を負ってしまった。

そのまま去ろうとした鉄太郎だったが、隊服を汚したまま戻るなど情けないとお市が説得し、ここまで連れてきたのだった。

「青柳は知っておるのか？」

淳之介の詰問に、鉄太郎は身を起こして首を横に振った。

「三月に入ってから、神田の伯父上の家に世話になると……偽りました」

由見の兄一家は今も昌平坂に居を構えていた。

塾や有馬道場へ通うには神田の方が近いと父母を説きふせたのだろう。実のところ浅草本願寺にあった彰義隊屯所へ入営していたのだ。

隊士の増える彰義隊が、より広い屯所を求めて浅草本願寺から上野へ移ってまもなく、江戸城が官軍の手に渡り、上野寛永寺で恭順のため蟄居していた慶喜公が水戸で謹慎と相なった。守るべき将軍を失った彰義隊は、寛永寺貫首を兼ね同寺に在住する日光山輪王寺門跡輪王寺宮を擁して、徳川将軍家霊廟守護を名目に隊士を募っている。鉄太郎も有馬道場の仲間とともに入隊した。輪王寺宮をお護りしようと誓いあったという。

「源次、いますぐ八丁堀まで使いにいってくれ」

「へい」

源次が立ちあがると、鉄太郎が慌てて源次の股引をつかんで引っ張った。

「お願いします。父上にはこのことは黙っていてください」

「そうはいくか。私は青柳と由見どのからおまえを預かっていたのに、むざむざ彰義隊へ身を投じさせるなど顔向けできん」

「後生です。母が知れば悲しみます」

由見の面長な顔が浮かんだ。ちかごろはめったに会えなくなったが、青柳伝手にきくと、二年ほど前から癪で寝こむことが多くなったという。

「母を心配させたくないのであれば、家に帰れ」

そうですよ、と実世が諭すが、鉄太郎は首を振った。

「……父上は無力となった奉行所で役目を全うせんと覚悟を決めております」

父と違って何もできないもどかしさが、若い鉄太郎をこうまで焦らせたのだろう。

彰義隊ならば、町を守ることができると拳を握る。

その瞳には、かつて青柳が淳之介に「江戸の町を守りたい」と語ったときと、同じ熱い想いがこもっていた。

三

「おれはなあ、茅野。これほどむなしさを覚えたこたあねえ」

久しぶりに小石川へやってきた青柳は、白髪が混じりはじめた鬢を煙管の吸い口で掻きながら、深く息を吐いた。この半年あまりですっかり年をくった面立ちになっている。町奉行所は、大総督府から暫定的に町の治安維持を任されていた。町奉行所与力同心に対する江戸町人の信頼は、慶喜公が去ったあとも厚い。扱いを間違えれば彰義隊と手を組むかもしれないと、東征軍は考えているようだった。

青柳は、淳之介から鉄太郎の一件を伝え聞くと、すぐに上野寒松院にある屯所へ出向いたが、所在が分からず追い返されたという。しかも、「八丁堀の青鬼」と恐れられた青柳を相手に、鉄太郎ほどの若い隊士が、旧幕の腰抜けは今すぐ江戸から立ち去れと、柵越しに暴言三昧だったという。

「上役に頭を垂れ、下の者に威張りちらし、おのれの才覚よりも家柄によってのみ出世する。物も作らずただ居るだけの武士ってもんを、腹の中じゃあくだらねえって思ったこともあったさ」

吐きだした煙草の煙が、庇から滴る雨に吸い込まれ消えていく。五月に入って雨が続いていた。庭木はぬれそぼち、お市が植えたばかりの花の苗も根腐れしたらしい。

「だが、礼儀ってもんだけは忘れたことはなかった。たとえ腰抜けの南町のお奉行であっても、岡っ引きの連中であっても。とくに年長者や上役相手に具申するときは、てめえの首をかけて決死の覚悟だったさ。すると受けて立つほうも、覚悟を受けとって撥ね返してくる」

「おれは支配どのに頭をさげ続け、一度しか声をかけてもらったことはないが、たしかにあの場には奇妙な敬畏の念があったな」

御役目に就く機会を得るための逢対日は、小普請組支配弓削弘光の前でとにかく頭をさげ続けた。役目を頂くことは叶わなかったが、思い返せば頭をさげることだけが役目だった。何の意味もないのによく続けたものだと、おかしな充実感さえある。

まさに、青柳の言うところの「何も生まぬ武家」を絵にかいたような姿だ。だが、その何も生まぬ端くれとして、たったひとつだけ誇りがあった。

「戦なき世を貫き通した」という自負である。役目や地位を得るため人から奪うのではなく、武士として与えられた役目を死ぬまで全うせよと示された、二百六十年だったのかもしれない。

戦場で戦う武士でありながら、その刃を人にではなく、心を律するために振り続けた誇りがある。

鉄太郎も、その心を学んでいたはずだと思えばこそ、江戸の町を守り続けてきた青柳は、深い失意の中にあるのだ。

「鉄太郎のことは、師であるおれにも責がある。青柳は東征軍の目もあろう。あまり上野へは行かぬ方がよい。こちらで出向いて下山を呼びかけよう」

青柳は苦渋の顔でうなずいた。いつもすまぬ、と小声で答える。青柳の、これほど力ない姿ははじめて目にした。

帰り際に、青柳が思いだしたように足を止め、ある男の名を口にした。

「勝谷……村越寛二郎が江戸へ戻っておる」

「あの男か」

「御一新のあと、江戸へ戻ってくる罪人は後を絶たねえ」

捕らえた者の中に、村越寛二郎とともに江戸へ入った男がいた。そのとき寛二郎は、人を探していると口にしていたという。

もしかしたら、淳之介たちが四谷に身を置いていた間に、小石川に姿を見せていたのかもしれない。近所の住人が目にした怪しい男が村越寛二郎の可能性もある。

「しばらくは身の回りに気をつけておれ」

前面に彰義隊、側面に大総督府の東征軍、逆側面に村越寛二郎。逃げ場がないではないかとぼやくと、青柳は「背面に強気なおなごらがおるでなあ」と低く笑って帰っていった。


五月になると、江戸市中にはさらに多くの官軍が配備され、江戸から逃げようとする町人らで混乱していた。江戸城が焼き払われると噂された三月よりも、戦に関する風聞の信憑性は高く、中には彰義隊から逃げ出す隊士もいるという。

噂では大総督府が、輪王寺宮に対し江戸城への登城を命じたが、輪王寺宮の身を護り寛永寺の実権を掌握する覚王院が拒絶したと聞く。また一方では、再三旧幕府側が説得に当たるも、若い彰義隊士らの徹底抗戦への想いは強く、このまま上野に斃れてもよいと気炎を吐いたという。

すでに彰義隊は解散命令を拒み、東征軍に属する諸藩の兵を殺害している。彰義隊の態度は天子さまへの攻撃だと断罪され、大総督府の管理下におかれている町奉行所は、彰義隊に一切関わらぬようにと命じられていた。

淳之介も青柳に受け請ったとおり何度か上野の黒門口まで出向いたが、鉄太郎に会うことはできないままである。

そのころ源次の探索で、猪原岐山の詳しい所在が知れた。下谷山崎町に小さな家を借り、畑を耕しながらひとりで暮らしているという。

その日は雨がひどく、道はぬかるんでいた。

途中で弾薬を運ぶ荷駄とすれ違った。誰何をされるかと身構えたが、兵はちらと目をやっただけで上野山へ向かっていった。

車坂のあたりは木々が鬱蒼と生い茂って薄暗く、「くらがり坂」と呼ばれている。坂を進むとさらに雨足が強くなり、蓑は重さをましていった。足を取られながら下谷山崎町の裏通りにあるしもた屋にたどり着いたときには、すでに夕刻となり、提灯も風雨で消えてしまった。

粗末な枝折戸を押して敷地に入ると、玄関に釣り道具が立てかけられ、軒下に薬草や茸が干してある。

源次が玄関の戸をたたき訪いを告げる。しばらく待つと、小柄な老女が顔を出した。

「茅野淳之介と申す。猪原さまに目通り願いたい」

淳之介が告げると、老女は無言でうなずいた。茅野家に金を届けにきた老婆に風貌が似ていると、源次が言った。

やがて姿を見せたのは、猪原岐山に違いなかった。寝間姿である。老女に肩を借りて土間へ降りた猪原は、暗がりに立つ淳之介の顔をまじまじと見つめた。

「淳之介ではないか。なんと立派になって！」

猪原は蓑越しに淳之介の二の腕を摑み、力強くたたいた。額の狭い四角い面立ちは、かつて父とともに酒を呑んでいたころと変わらない。だが老いたとも思った。胆が太く明朗だった恩人は、ずいぶんと痩せ細り、直視できなかった。

四

濡れた体を拭って家にあがると、源次は玄関横の小部屋でまたせてもらいますと、老女に告げた。

茶の間に通された淳之介は、言葉を失った。茅野家も相当貧しいが、この部屋は余計な物がなく、小さな火鉢と衣桁が置かれているだけだった。

柱も梁も煤け、磨かれている様子はない。畳はささくれ、天井には蜘蛛の巣が張っている。老女は身の回りの世話はしても、家までは手間をかけていないのだろう。

茶の間に戻ってきた猪原は、紺の着流し姿である。

「久しく御無音つかまつりました。お体がすぐれぬとは存じ上げず、申し訳ありません」

「いやいや、この長雨で風邪をこじらせてのう。横になっていただけだ。淳之介が来たとあっては寝てもいられまい」

かしこまるな、と猪原は嬉しそうに頰を緩める。

「いま燗をつけておる。ゆるりとしてまいれ。いや、世がこんな事態になっているのに不謹慎であろうか」

早口でまくし立てた猪原は、よほど淳之介の来訪がうれしかったのか、源次にも酒を出してくれたようだった。

「どのようなときでも腹は減ります」

淳之介が応えると、猪原は、さらに今宵は泊っていけという。すでに外は暗く、表では東征軍が辻に立ち検問をしている。夜に出歩くのは得策ではないといわれたが、雨足が弱まったら出ると告げると、ひとり暮らしの老人は寂しそうにうなずいた。

「御尊母は健勝かな」

「相変わらず小言を申しております。すこし耳が遠くなったようですが、なぜか私のボヤキには耳敏(みみざと)うございまして」

ははは、と猪原は快活な笑い声を立てた。

猪原はしばらく昔話を懐かしんでいた。酔いがまわると、肴(さかな)を運んできた老女を呼び止め、「この人はね、父君の上役の付け髷(まげ)を見破った悪童だったのだよ」と話して聞かせ陽気である。

表で雷が鳴り、部屋に沈黙が流れた。

「猪原さまにお聞きしたいことがございます」

淳之介は、六年前の入牢の一件について猪原にたずねた。

「我が家に大金をお届けくださったのは、猪原さまではございませんか」

だまって酒を呑んでいた猪原は、やがて静かに首を縦に傾けた。

「人伝(ひとづて)にそなたのことを耳にしてな。お市どのはそのような気遣いを気にされる方ゆえ名乗らなかったことで、かえって不安を与えてしまった」

「いえ、そのような！　あの時ほど人の慈悲を有難く思ったことはございません。猪原さまには、私と母にとって苦難のときを支えてくださった恩義がございます。父が間違いを犯したと断ぜられたとき、決して悪事を働くような男ではないと、猪原さまは私たちを見捨てはしませんでした」

「……淳之介」

庭木の葉に落ちる雨音が徐々に強くなる。庭には行灯（あんどん）の光がこぼれているが、水たまりにはじけるようにして光も消えていく。

「当家が小普請入りをしたあと、奥さまが亡くなられたと知りながら、私たちは身内のことに疲弊し弔うことすらできませんでした。ご無礼をお許しください」

猪原の妻は長らく病にあり、政平（まさひら）が腹を切りしばらくしてから、湯治先の伊豆で亡くなった。大名家の匙（さじ）を務める医者に診（み）てもらうことが叶ったが、快癒することはなかったという。

再度礼を述べようとした淳之介は、目を疑った。なぜか猪原が居ずまいを正し、淳之介に深々と頭をさげている。猪原の肩が震え、薄くなった鬢からほどけた髪が落ちた。

「どういたしました、猪原……」

その刹那。淳之介は小さく震える恩人を前に、愕然とする事実に行き当たった。

政平が玄関前でしくじりをしたそもそもの原因は、猪原が出仕できず代わりに目付についたせいだった。その後、准門跡方の駕籠（かご）から賄賂（わいろ）を受け取っていたと疑われたが、金を受け取った証拠は見つからなかった。やがて父の死によって、すべてがうやむやのまま幕がおろされることになったのだ。

父が腹を切ったのは、おのれの罪を恥じてのことであり、このままでは茅野家は改易を避けられないと覚悟したからだと淳之介は思っていた。しかし、父が死んだのは、猪原が訪ねてきた日の夜だったではないか。

「あなた、だったのですか？」

あの夜、ふたりはいつもより長く話しこんでいた。淳之介が厠へいくとき政平の部屋の前を通ると、父の荒々しい声が聞こえたが、話の内容まではわからなかった。

猪原とは幼いころから組屋敷が近く気の置けない仲だったから、お市や淳之介には話せない弱みや怒りを、友には話すことができたのかもしれない。

それは猪原にとっても。

「猪原さまは、ご自身が賂を受けていたと、父に白状したのですね」

「治療にかかる薬代が膨れあがり、方々から借りた金を返すことに苦慮する日々だった。私たちには子がなく、すでに跡目は甥に継がせることになっていたが、その先の老いに向かう日暮れのときを、たったひとりで生きていくことができそうになかった」

どうしても妻を救いたいと思い悩んでいたころ、玄関前に到着した駕籠の家人から主人のために正面まで進めてほしいと金子を渡されたのだ。玄関番たちも、その余禄にあずかれる。みながやっていることだ。たった一間進めてやるだけで金が手に入る。

それからは、めぼしい駕籠にそっと近づき、「一間進めましょうか」と自ら耳打ちした。そのうち、次も頼むと請われ、日時がわかれば前金をもらった——苦悶の表情を浮かべながら、猪原はおのれの行いを語った。

「そのたった一間で、父は死んだのです」

父が罪を背負い謹慎にあったとき、淳之介はなぜそんな短い距離のちがいで罰を受けるのかと疑問に思っていた。

なぜあの日に告白したのか、淳之介にはわからない。政平が真実に気付いて責め立てたならばまだしも、猪原から告げたのだとしたら、それは政平に大きな失望を与えただろう。

妻の病を治すために手を染めた悪事であり、猪原が捕らえられれば、猪原の妻は確実に死に至るのだ。友の苦しみを知った父が、自らの無実を訴えられるわけがない。

「まさか、政平があのまま腹を切るなど思いもよらなかった。ただ、いますこし妻が身を持ち直すまで待ってほしいと頼んだだけだったのだ」

妻の体調が良くなったら、必ず出頭すると誓ったという。死を選ぶとは思わなかったと、握った拳が震えている。

淳之介は首を振った。

「違います。父は決してあなたの罪を背負って死んだのではありません。あなたがそれを告白した真意に気づいてしまい、諦めと失意の中で腹を切ったのです」

政平は思ったはずだ。このまま罪を背負えば茅野家は改易も免れない。さりとて猪原を突き出すこともしたくない。無二の友が、妻の命のために黙っていてくれと言う。怒りや失望が父の中に渦巻いたに違いない。そして誰もが傷つかない方法を選んだのだ。

当時、淳之介は未熟すぎた。父に迫る死の影が恐ろしく、震えることしかできなかった。そのことが、いまも苦い悔いとなって胸に残っている。

せめて淳之介だけは、父の決意と無念を受け止め、家のことは任せてくれと安心させてあげたかった。もしかしたら、父はこの先猪原のことを知ったとしても、決して責めてはならぬと言い残したかったかもしれない。あの人は、あきれるほどに愚直な武士だった。

だが、淳之介は口にせずにはいられなかった。不徳な息子を、父はあの世で呆れて見ていることだろう。

「あなたは卑怯です。不正をしたことではありません。父の武士としての誇りを利用したことです」

政平の死からほどなく、猪原の妻も他界している。どれほど金を積もうが、妻の寿命を長引かせることはできず、友も失った猪原に待っていたのは、結局、長い孤独の日暮れのときだったのである。

猪原もまた、父の死の影におびえつづけたひとりだった。なじる淳之介の前で、猪原は白くかさついた唇をふっとゆるめ、安堵したような表情を浮かべた。

五

離れの天井から、ひたひたと雨粒が板間に落ちる音がした。

猪原家を辞してから三日、言葉にできないむなしさが胸に渦巻いていた。同時に怒りとも悲しみともわからぬ塊が、喉の奥に引っかかったままである。

許すこととは違う。自分は父の友だった人に、許しを与えるほど優れた人間ではない。ただ、淳之介は学びつづければ寛容の心を身につけることができると思っていた。独断を抑制して、他者を敬い、異なる意見に耳を傾ける。寛容でなければそれらは達成することができない、と。

しかし、淳之介はなにひとつ学べてはいなかった。どのように学びつづければ、寛容の心にたどり着くのだ。

離れにこもって一言も発さぬ淳之介を、実世は遠巻きに眺めることしかできないようだった。

雨が強まってきたころ、源次がそろっと戸を開き、青柳の来訪を告げた。母屋に戻り玄関にまわると、蓑を纏った青柳が硬い面持ちで立っている。小者や正吉は付けずにひとりだった。その顔は青鬼の形相ではなく、ひとりの父のものである。

「鉄太郎の組番がわかった。子を人と成すのは師匠だと思いおまえに任せると決めたが、やはり父のおれが行かねばならん」

由見も江戸を離れることを拒み、鉄太郎の帰りを待っているという。

「おれも行こう」

実世に身支度をさせ、しばらく留守にすると告げた。

「このあたりも戦火が及ぶかもしれない。できれば八丁堀の青柳の家へ身をよせなさい」

「ですが、お母上さまが……逃げるなぞ嫌がるに決まっています」

「いまは実世が茅野家の稼ぎ頭。おまえがいてくれるから、私も母上もここまで生きてこられた。引きずってでも母上を連れ出してくれ」

実世は一瞬頬を赤らめたが、すぐに硬い表情でうなずいた。

「旦那さま、無茶はせんでくださいな」

源次が景光を淳之介に差し出した。

激しい雨が地面を打ちつける中、青柳とふたりで小石川から上野方面へ向かって歩いていく。通いなれた道が、雨に濡れそぼち見知らぬ通りに見えた。道行く人はみな顔を伏せ、戦火から逃れようと先を急いでいる。

この先三、四日で東征軍の攻撃がはじまるだろう。奉行所は山から逃げ出した隊士を捕らえるよう、大総督府より命を受けていた。

「戦はさけられないのか」

「旧幕のお偉方が上野に走り説得したが、上野の山には土塁や畳が積まれている。やつら、徹底抗戦の構えだ」

　対する東征軍の諸藩兵力は、二万にのぼっている。上野周辺には、彰義隊は国賊ゆえ皆殺しにするという触書が回っていた。一枚岩に思えた彰義隊からも脱走兵が多く出ており、中には奉行所へ助けを求めに来る隊士もいたが、鉄太郎はいまだ戻っていないという。

「どのように鉄太郎を連れ出すのだ」

「話は通してある」

　彰義隊が、寛永寺周辺の門に土塁や竹矢来を設ける作業を、ちかくの下谷坂本町に命じていた。弾除けに使用する古畳も差し出すことになっており、その人足に成りすまして鉄太郎を探す心算だという。

「だが山内は広いぞ。鉄太郎がどこにいるか分からねば難しい。本陣の寒松院にいるとはかぎらん」

「あいつがいる五番隊は谷中門周辺を守っていると、正吉が探りをいれてくれた。あのあたりは東征軍の数が手薄だそうだ」

　うまくいけば、谷中門から外に連れ出すことができるだろう。

「今回は報酬いくらだとは訊かんのか」

「いくらだ？」

「一日で一分、はどうだ」

「あいかわらず吝い仕事だが、質にいれた書物を取り戻せそうだ」

「江戸が火の海にならんことを祈ろう」

青柳がようやく豪快に笑い、淳之介の背中をバンと叩いた。

下谷坂本町から上野山に差し出す人足は二十名。自身番に集まっているのは、淳之介よりも年長の男ばかりだった。

町の若い衆は家や店を守る使命がある。隠居した初老のお店者、火消しの役付たちが、ちょいと呑みに行くかといった体で腰をあげたようである。

「八丁堀の青鬼と恐れられたあんたも、やきがまわったねえ」

鳶の親分が、二着の紺地の法被を青柳に手渡した。

山に籠る彰義隊士たちは、最後まで侍であろうと覚悟を決めている。そこにはせ参じた若者を連れ戻そうとする青柳たちが、親分の目には「腰抜け」と映るのだろう。手を貸してくれるのは、これまでの借りが青柳にあるからのようだ。

淳之介と青柳は渡された鳶の服に着替え、手拭をかぶり髷を隠して蓑と笠を身に着けた。すでに半数は先に作業へ出立している。

「あんたらふたりは、わしらと車を曳いていく」

番所の前に横付けされた大八車に、周囲の家から集めた古畳が積まれていた。親分に渡された雨除けの菰むしろをかぶせ、崩れぬよう周囲を縄で括る。淳之介と青柳は荷台の後ろに回り、親分の合図に合せて大八車を押していった。

戦いの緊張が満ちているはずなのに、雨にけぶる上野の山は刻を止めたように穏やかだった。

「青柳、憶えているか。まだ前髪のあったころ、ふたりで藁を斬ったことがあるだろう」

「たがいの首に見立ててな」

「あのころのおれたちが、上野におる」

徳川のため、輪王寺宮のため、侍の尊厳のために立てこもるあの山に、自分たちも身を投じたいという思いは、淳之介の中にも少なからずある。彼らの強い覚悟が分かるからこそ、そこが死に場所だと定めた者たちに、声高に降伏せよとは言えない。

「鉄太郎が最後まで下山を拒んだらどうする」

「その時は、由見に頭を下げる」

青柳は、最後は息子の覚悟に従うつもりのようだった。

六

坂本門へ到着すると、すでに先陣の人足たちが土嚢を積んでいた。空の米俵に水をふくんだ重い土を詰め門に並べていくのだが、視界が悪く足元も泥にまみれて作業は難航していた。陣羽織の隊士が怒号をあげている。ほかに三人の隊士が人足たちを見張るようにして土嚢の位置を指図していた。

淳之介たちは運んできた畳を半分だけ下ろし、門の脇に積んでいく。

「親分、あとはおれたちで運べそうだ」

淳之介は青柳と荷台に残った畳に菰むしろをかけて再び縄で括った。するとその様子を見ていたひとりの隊士が駆け寄ってきた。鉄太郎とさほど年の変わらない若者である。

「おい、この畳はどうするのだ」

隊士が菰むしろをめくろうと手を伸ばす。淳之介は慌てて荷台を押さえるようにして隊士と荷台の間に体を滑りこませた。

「ここへ来る前に、五番隊の使いの方からも畳を運んでほしいと頼まれまして」

淳之介が答えると、隊士は確認のため陣羽織の隊士の元へ駆けていった。雨の音で声は聞こえない。土嚢を運ぶ親分が、不安そうにこちらの様子をうかがっている。

やがて泥をはね上げながら隊士が戻ってきた。

「拙者が同行する」

「へえ、ありがとうござんす」

淳之介が頭を下げると、青柳が梶棒（かじぼう）を摑んだ。淳之介が荷台の後ろにつくと、掛け声とともに坂本門の奥へと大八車を進めていく。車輪が滑り門の入り口にできたぬかるみにはまると、隊士も淳之介とともに荷台を押した。

「おまえたちはどこの町の者だ」

ふいに隊士が淳之介に声をかけた。だが淳之介の返事を待たず、神田川はどうなっているだろうと独り言のようにつぶやいている。

「長雨で水嵩（みずかさ）が増していると聞きましたが。心配事ですか」

「母が川べりに住んでおる」

市街戦となれば江戸市中は戦火にさらされる。青白い顔ながら気負った話し方をする若い隊士に、鉄太郎の姿を見た。彼の唇は微（かす）かに震え、今にも叫び出しそうなほどの張り詰めた悲壮を感じた。

「じつは私の息子が、五番隊に入っておりまして。どうにか最後にひと目会いたいのです。呼びだしてもらうことはできませんでしょうか」

　青柳が後ろを振り返り声を上げた。若い隊士は首を振る。それでもひと目と青柳が足を止めると、隊士は遠くから眺めるだけならばと、五番隊の幾人かが宿舎にする庫裡（くり）の場所を教えてくれた。そこから谷中門は一本道だという。

「きっと今生の別れになる。会えるといいな」

「へい、ありがとうございます」

「あとは五番隊の者から指示をあおぐよう」

　隊士はそう言って踵（きびす）を返すと、足早に来た道を戻っていった。

　やがて教えられた庫裡にたどりついた。大八車に気付いた隊士が建物から駆け出してくる。

「どこの隊の者だ」

「下谷坂本町から参りました。こいつを清水門へ運ぶ途中でごぜえます」

　青柳があらかじめ用意していた返事を返すと、隊士は人足がふたりきりなのを怪しんで辺りを見渡した。

「麓（ふもと）から同行したお侍さんでしたら、そこの茂みで用足しをしとります」

　雨で冷えますからなあ、と淳之介がとっさに嘘をつく。

「さきほど坂本門の見張りの方から、青柳鉄太郎どのへの伝言を預かりました。ここに居ります でしょうか」

「町役人の倅（せがれ）だな。いまは谷中門の見張りへ出ておる」

「では帰りにそちらへ回ってお伝えします」

　礼を言ってしばらく頭を下げながら、隊士が建物へ戻っていくのを確かめる。谷中門へ車を押しながら、淳之介は追尾されていないか何度も後ろを振り返った。

「茅野、この辺りでよかろう」

青柳が足を止めて梶棒を下ろすと、手早く荷台の菰むしろをはぎ取った。谷中門を出るとき畳が残っていては怪しまれてしまう。

畳をすべて茂みの奥へ運びきり、菰むしろを再び荷台にかける。雨が小降りになりはじめた。

「急ごう」

青柳が空を見上げて目を細めた。

やがて円珠院(えんじゅいん)前の通りを進み、林光院(りんこういん)の前の谷中門までたどり着く。

門の前に竹矢来が構えられ、その両脇にふたりの隊士が外を向いて立っていた。左に立つ男はがっしりとした体軀で、遠目からも鉄太郎だとわかる。

青柳に目配せし、淳之介が門の内側から御用の荷を届け終わったと声をかける。右の隊士が振り向き門扉をあけた。後ろの車輪が門を出るやいなや、梶棒を地面に下ろして大八車を止めた青柳が身を低くし、隊士のみぞおちに拳を当てた。膝から崩れ落ちた隊士を車の脇に引きずっていく。

急襲に驚いた鉄太郎が刀を抜いた。青柳が笠に手をやり正体を明かす。

「鉄太郎、このまま山をおりるのだ！」

「ち、父上？」

白い襷(たすき)をかけた鉄太郎の頰は削げている。緊張しているのか、雨が刃に触れただけで剣先が揺れていた。

「ここで無駄死にするな、鉄太郎」

淳之介まで現れたことに鉄太郎はおののき、後ずさりしていく。

「いまさら隊を抜けて、裏切り者のそしりを受けるわけにはいきません。私は侍でございます。徳川の恩顧に報い御直人として最後まで戦う所存です」

まるでむき出しの刃のようだと淳之介は思った。

と、鉄太郎の顔がこわばるのがわかった。その視線の先を追って淳之介が振り向くと、門の脇から野袴にはばき姿の男が姿を現した。団子鼻に、顔にひろがるあばたの痕に見覚えがある。

「村越寛二郎！」

「茅野淳之介、ようやくけりをつけられる」

江戸に戻っていると知った時から、どこかで見えるだろうと覚悟はしていた。村越寛二郎は、兄の鍋太郎と体格も容貌も似つかないが、声は淳之介の耳の奥に残る鍋太郎のそれとほとんど同じだった。

寛二郎は表情を変えず一歩進み出た。手はぶらりと体の両脇に垂れ、指先から雨粒が落ちている。青柳が大八車に手を伸ばしたとき、倒れていた隊士が青柳の足首を摑み「曲者め」と呻いた。

寛二郎は無言のまま抜刀し、隊士の腕から足を引き抜こうとしてすきを見せた青柳の肩を切り裂いた。膝をつき蹲る青柳に鉄太郎が駆けよる。襷を外し父の肩を縛るが、その手が見る間に赤く染まっていった。

寛二郎は、立ちつくす淳之介に振り返った。淳之介はつま先で泥をかき分けるように弧を描いて移動し、大八車の荷台に近づいていく。荷台の菰むしろをめくり、茅野家の景光を左手に取る。自身番を出立するとき、畳の隙間にふたりの大小を忍ばせていたのだ。

雨音がふっと消えた。

寛二郎が青眼に構えた腕を八双に構えなおした。剣先がゆっくりと後ろへ倒れていく。表情の乏しさも兄の鍋太郎に酷似していた。

淳之介も覚悟を決めて刀の鯉口を切った。

同時に寛二郎が泥を蹴って疾駆してくる。淳之介は体をひらいて寛二郎の太刀をやっと受けて撥ね返した。

まだ日は出ているはずの刻限なのに、人気のなくなった通りは薄闇に覆われていた。木々の枝から水たまりに落ちる雫の水音と、たがいの息遣いだけが耳に届く。

すかさず二の太刀が淳之介の胴をはらいにきたが、寛二郎の足元の土が思っていたよりもぬかるんでいたらしい。体勢を崩した寛二郎の太刀は、淳之介の着物を切り裂き、風を薙いでいった。しかしすぐさま体勢を整え踏みこんでくる。この男の執着が、山に籠り戦いを挑む彰義隊士たちと重なった。

「先生！」

助太刀しようと身構えた鉄太郎だったが、みぞおちに手をあて横たわっていた隊士が半身を起こし、鉄太郎の足を捕らえて引き倒していた。泥まみれになったふたりはぬかるみの中で組み合い、鉄太郎の手から刀が滑り落ちた。隊士は鉄太郎に「裏切り者」と叫びながら脇差で襲い掛かるが、鉄太郎が蹴り上げて脇差が飛び、再び殴り合いになった。

「鉄太郎、決してそいつを放すな！」

青柳が右肩をおさえながら息子に向って叫んだ。逃がせば仲間が駆け付ける。

鉄太郎に気をとられ、一瞬淳之介に隙ができた。袖が触れあうほどの距離ですれ違うが、強い梅の香りを感じて視線がさまよう。振り返るとすでに寛二郎は殺到していた。息があがる。滴る汗が目に入り視界がぼやけた。

——これまでか！

腕が震え指先にしびれが走る。

再び、梅の香りが鼻先をかすめた。季節外れだと思った刹那、足もとから吹き上げる強い風に泥水が跳ねあがる。泥が目に入ったのか、寛二郎が「うっ」と呻いて顔をしかめたのが目に映った。

「茅野！」

友の声が聞こえた。

青柳が、隊士の手から離れ地面に落ちた脇差を駆けながら左手で掴み取ると、そのまますくい上げるようにして、寛二郎の顎を斬り裂いた。

「卑怯者め！」

叫ぶ寛二郎の太刀はのけぞった拍子に逸れてあらぬ宙に振られ、淳之介は横に転がりそれをかわした。頭上をかすめた太刀の先を確かめる間もなく、淳之介は低い体勢から、寛二郎の胴を斬った。

同時に淳之介の心の内が抉（えぐ）られたようで、実のない痛みが体を駆けあがってくる。

膝から泥水に崩れおちた寛二郎は、すでに動かぬ骸（むくろ）となっていた。

石垣のむこうにある、林光院の敷地から伸びた梅の枝先から雫が落ちて、淳之介の顔を濡らしている。

「いったい、これは……」

同志を気絶させた鉄太郎が、呆然と立ち尽くしていた。

「家へ帰ろう、鉄太郎」

淳之介の言葉は、足元で息絶えた男に雨粒とともに落ちていく。

寛二郎には、鉄太郎とは違い帰る場所がなかった。村越兄弟のことを深く知ることはなかったが、恨みを募らせ命を狙っていた男の無念は痛いほど理解できた。かつて、淳之介も幼い命を救えず、その原因となった男とその仲間たちに酬（むく）いたいという衝動に駆られていたのだ。

淳之介によって奪われたものを、寛二郎は取り返そうとしただけだった。

被害者面をした自分に腹が立つ。村越鍋太郎を倒したときからずっと、淳之介は傍観者ではなく、奪った側の人間になっていたのだ。

七

朝から降り続く雨は、今日もやむ気配がない。そろそろカラリと晴れた青空が見たいと雨の降りそぼつ空を見上げながら、淳之介は大門脇のくぐり戸を通った。

「芳助（ほうすけ）、精が出るのお。最後の御奉公かい」

南町奉行所内は、奇妙な活気に満ちている。

「茅野の旦那ぁ。よお生きておられましたなあ」

玄関の塵（ちり）を指先でつまんでいた玄関番の芳助は、淳之介を見るなり嬉しそうに立ち上がって、前掛けに集めた塵をまき散らした。

芳助は、長く小伝馬町牢屋敷の張番（はりばん）を務めていたが、文久二年の秋、牢名主（ろうなぬし）の脱獄に関わり処分をうけた。芳助は毒入りの酒を運ばされただけだったものの、打ち首は免れない罪だ。ところが、牢内の囚人らが芳助の助命懇請を行う異例の事態となった。芳助は賢さとは無縁だが、囚人から金を抜き取ることをしない馬鹿正直な張番だった。意図せず囚人たちに救われた芳助は青柳の嘆願もあり、敲きの上放免され、奉行所の下男として奉公することになったのだった。

「青柳さまでごぜえますか？」

「私も最後のご奉公さ。口上書きを取るついでに、帳面の片づけを頼まれた」

上野の彰義隊が東征軍の砲撃で撃破されてからたった四日で、奉行所は「市政裁判所」と名称を変更することが決まった。北町奉行石川河内守と南町奉行佐久間鐇五郎は職を解かれ、町奉行所与力同心は、禄高扶持米は変わらずここに勤めることになったという。

数日中にも奉行所を大総督府に明け渡すことになり、塵ひとつ残さず掃き出し、帳面本箱の整理、畳替え、障子の張替えまで万全のしたくをして使者を迎えるようにと、元町奉行から命じられていた。

たすき掛けの役人が書類を抱えて、建物内を忙しく往来している。まるで年の瀬のようだとながめていると、汗を滴らせた青柳が、「まだ降っていやがるのか」と舌打ちしながら玄関に姿を見せた。淳之介に手をあげようとして顔をしかめる。肩の傷は深くなかったが、完治にはしばらく時間がかかりそうだ。

「今日中に帳面をすべて日付順に並べておけとさ。そんなことできるわけねえが、やるってのが江戸っ子だろう」

その前に、と青柳は淳之介を詮議所の一室に案内した。

淳之介が奉行所に呼ばれた表向きの理由は、村越寛二郎に関わる御調である。

ひとりの物書同心が待ち構えていたが、青柳があとは自分が口上書きをとるからと席を外させた。形ばかりの御調だと言って、青柳は文机に向って筆を取った。

「なんと、茅野が南町奉行所最後の、そして市政裁判所最初の調べになるとさ」

どこまでいってもおかしな運が付きまとう男だ、と青柳が首をかしげた。

「母上が、また牢にたたきこまれるのではとぼやいておった」

「あれは寛二郎の一方的な逆恨みだ。不問に付せられるだろうとのことだ」

両軍あわせて多くの命が失われた上野で、唯一私闘によって命を落としたのが、村越寛二郎だった。寛二郎の亡骸は、淳之介たちによって奉行所に運ばれた。青柳が関わっていることは表ざたにはできないので、命を救ってもらった礼に、すべての罪を淳之介が被ることにしたのである。

「そういえば、鉄太郎はどうしておる」

「仏頂面で弟と口も利きやしない」

家に戻った鉄太郎は、ともに山に籠り行方がしれない者たちを思うと気がふさぐようで、毎日庭で木刀を振っているという。あのまま山にとどまらせるべきだったのかと、柄にもなく悩む青柳に、淳之介は笑みを向けた。

「鉄太郎は、きっと大丈夫だ」

「なぜおまえにわかる」

「おまえと由見どのの息子だから」

上野の争乱から二日後のことを思い出す。

小石川の三百坂で、ひとりの彰義隊士が息絶え倒れていた。三河島村方面へ逃れる隊士が大半だったが、逃げ惑い、小石川に落ちのびた隊士の成れの果てなのだろうと淳之介は思った。だれも隊士に近づかず、雨の中で腐っていくのを待つだけだった。手を触れれば、残党狩りをする東征軍から咎めを受けると、みなが恐れていたのだ。

だがお市は、源次に戸板と筵を用意させた。淳之介と、ちょうど挨拶にきた鉄太郎に、隊士の亡骸を近くの寺へ運ぶよう命じたのである。近所の者たちが触れてはならないと淳之介たちを止めようとするも、お市は黙って亡骸に手を合せた。実世が庭に咲いた忘れ草を一茎手折り、遺体を覆う筵の上に供えている。橙色の花はすぐにしおれてしまうというが、淳之介はこの鮮やかさを決して忘れまいと強く思った。

やがて遠巻きにながめていた女たちが駆けより、隊士に手を合せた。口もきいたことのない旗本の隠居や厄介者たちも戸板に駆けよる。鉄太郎は無言のまま戸板を持ち上げ、悲痛な面持ちで唇をかみしめていた。

「こっちに待っているお袋さんがいたんでしょうなあ」

源次の言葉に、女たちが洟をすする。上野の山で道案内をしてくれた若い隊士に似ている気がしたが、はきと判別することはできなかった。

亡骸を寺に運んだ帰り道、鉄太郎がこんなことを口にした。

「世が平らになっても、私は剣の道を学びたいと思います。絶対に、もう大事な仲間を失わないために、この剣を振るおうと思います」

お市の行いを目にしてか、自ら折り合いをつけたのか、それが未熟な心で出した答えだったのだ。

以前、松三郎が言っていた。肥えすぎた茶は花をつけない、と。

この町は、いまや空蟬のごとく空っぽだ。だが、いままさに小さな花が咲こうとしている。それは鉄太郎ら若い者たちの手からこぼれた新たな力だ。

御調を終え、訴状の帳面をまとめていると、そこには江戸の町で起こった小さな諍いから人殺しや火付けなどまで、愚かで苦しみあえぐ町民たちの声が記されていた。

「悪事ばっかりで嫌になるが、こいつは人の情と裏表でさ。そういうもんが無けりゃあ江戸じゃねえし、少しでも減ってくれって思っちゃいたが、一気に消えちまわなくてよかったたって、いまは思っているよ」

すべてなくなったわけではない。

青柳はしみじみとそう言うと、本箱に武骨な手を載せた。


その日の朝、いつも非番の月は固く閉じていた門は大きく開き、玄関前に南町奉行所の同心たちが、羽織袴姿で下座していた。

淳之介は南町奉行所のそばで最後の姿を見守った。正吉も下っ端も涙をこらえて表門を見つめている。

明け六ツ（午前六時頃）を過ぎて大総督府の馬が到着し、兵士がしばしやり取りをして戻っていった。しばらくして、請取役が騎馬で現れた。

請取役が馬から降り、門に入ったときである。

――下ぁーにぃー！

奉行が新任すると、下男が町人らを下座させるために声を上げるしきたりがある。芳助は、ただ愚直に、いつも通り役目を果たしたのだ。それは徳川の誇りを忘れまいと宣言するような、腹の底から吐きだされた叫びだった。

先日まで降り続いていた雨はすっかりあがり、泥水に陽光が注ぎ煌(きら)めいていた。芳助の声は、江戸の青い空の彼方(かなた)まで強く響きわたり、光の中に吸いこまれていった。

明治十一年　五月

梅の枝が大きく揺すられ、青い実が地面に広げた筵にばらばらと落ちていく。源次が落とした実を、鶉居堂の習い子たちが競うようにかき集めていた。小石川三百坂の茅野家の庭が一層にぎやかになっていく。

世が明治と改まり、十年の月日が経とうとしているが、茅野家の暮らしは良くも悪くもなく、細々と営みを続けていた。

いまは交番所で働く青柳は、以前とかわらず東京の民を護るため様変わりした町中を闊歩しており、茅野家にのんびりと茶を飲みに来ることはすっかり減ってしまった。代わりに松三郎の多町商会の東京出張所で働く鉄太郎が頻繁に顔を出し、淳之介の代わりに子どもたちに異国の地図を見せたり、剣道を指南したりしている。

「ただいま戻りました、旦那さま」

実世が使いから戻ってくると、習い子たちが一斉に駆け寄り三味線を弾いてくれとせがむ。

「由見どのはどうであった」

すこし前に流行り病にかかり寝ついたと、炭売りをしている正吉から聞かされて、実世が青柳家まで見舞いに行っていたのだ。

「ずいぶんと元気になられたご様子で安心しました。孫の顔を見るまでは死ねぬとおっしゃっておりましたよ」

どこかに鉄太郎の見合い相手はいないかとぼやいていたらしい。

「あの人も母上のようなことを言うようになったか」

お市は、母屋の広縁で猫を膝にのせて居眠りをしている。子どもたちの歓声が聞こえないほど耳が遠くなったが、年の割に足腰は丈夫だ。毎月十五日に、彰義隊士が眠る円通寺へ参ることを欠かしていない。

「あの人だなんて、よそよそしい。愛しい由見さまとおっしゃればよろしいのに」

「いい年をしてなんだね、おまえは」

先日、由見が好みそうな史書を書肆で見つけて源次に届けさせたのだが、それを知った実世が、自分はこれまで赤膏と簪しかもらったことがないと不貞腐れ、一緒に芝居見物へ行くと約束させられてしまった。

「おばばさま、見てください。こんなに梅の実がとれました」

八年前、淳之介と実世の間に生まれたひとり息子の衛が、両手いっぱいの青い実をお市に見せている。

ゆっくりと目を開けたお市が、「甘くするかい、酸っぱくするかい」と衛にたずねると、間髪を容れず「甘いのがよいです、ばばさま」と嬉しそうに返事をした。

みんなで籠いっぱいになった梅を布できれいに拭っていると、通いの大工がやってきた。年がら年中雨漏りしていた鶉居堂の天井がとうとう腐り、大きな穴が空いたのだ。今日あたり作業が終わる予定だったが、やってきたのは若い弟子ひとりだった。

「親方はどうしたんだい」

源次がたずねると、弟子は道具を庭の隅に置きながら、先日梯子から滑り落ちて腰を痛めたのでひとりで仕上げるが心配はないと頭を下げた。

法被を脱いで手拭を頭に巻いた弟子は、教場にあがると梁に梯子をかけ器用に上っていった。天井の裏もかなり腐っているらしく、梁も新しくするという。屋根裏から下り庭で鉋をかけはじめると、子どもたちが興味深げにながめる。実世が手が止まっていますよと、子どもたちに声をかけるが、しゅるると生まれる薄い鉋屑に、みんなの目は釘づけだ。

「うまいものだなあ」

死んだ祖父さんも鉋かけが得意だった、と衛に教えると、「おじじさまは、お侍じゃなかったの？」と目を丸くして淳之介の袖を引っ張った。

それを聞いて、源次が笑いながら柿の木に梯子を掛けている。

「おい、源次。垣根の外に出ている枝は、そのまま残しておいておくれ」

承知しましたと、源次が鋏を手に梯子を上っていく。

すると、鉋の手を止めた弟子が、柿の木を見上げながら淳之介にたずねてきた。

「近所のガキらのためですかい」

「ハハ、さてはおまえさんも、人さまの家の柿を盗んだ口だな」

「おいらはやっていませんが、むかし死んだ兄ちゃんが、よくこのあたりから柿をもいできました。もしかしたら、茅野さまの御宅の実だったかもしれませんねえ」

「このあたり？」

「へえ。おいらは上野の御山が焼けたころまで、この近くの裏店に住んどりました」

上野戦争のときに、親が仕事をもらっていた植木屋が延焼し、縁者をたよって一家ともども目黒へ移り住んだという。

「おぬし、年はいくつだ」

「ことし二十一になりました」

つるりとした顔は髭のあともない幼い顔つきで、本人はそれを気にしているのか「これでも小僧じゃありませんよ」と仏頂面を淳之介に向けた。

——おいらに字を教えてくれ。

むかし、そう言ってこの庭にやってきた色黒の子の顔が、鮮明に思い出された。家族みんなが腹いっぱい食べられるように学ぶのだと乗りこんできた子は、ゆっくりとだが字を覚えていった。あの子が一文字書けるようになるたびに、淳之介も喜びをひとつ知っていった。

「おまえ、名は？」

「八郎」

「金杉水道町で鉢植えの内職をしていた家の子か」

「へえ、そうですが」

お市の手におさまっていた梅の実が、かたんと音を立てて縁側を転がっていく。その膝で寝ていた猫が、驚いて庭に飛び降りて一目散に駆けていった。耳が遠いはずのお市が目を大きく見ひらいて、八郎を見つめている。源次も鋏を宙に止めたまま、彼に目を落とした。

実世と子どもたちは鉋屑を手にしてにぎやかに遊んでいる。その笑い声は、かつてこの庭で響いていた声と重なっていく。

動かなくなった喜七を見つめて、「どうして兄ちゃんは、ねむっているの？」と、母に聞いていた弟は、成長していれば二十歳ほどになっているはずだ。

ときおり喜七や姉と鶉居堂へやってきて、お市から握り飯や菓子をもらってうれしそうに頬張っていた子が、目の前に立っている。

八郎は目を見開き、「もしかして、鶉の先生？」と叫んだ。

「そうか。ここは鶉の先生の学問所だ！　なんで今まで忘れていたんだろう！」

八郎は、周囲を見渡し喜色をうかべる。そして、源次に支えられて立ちあがったお市に駆けていくと、まるで手習所の習い子のように深々と頭を下げた。

「お市さま！　あんときはいっぱい食わしてくれて、ほんとうにお世話になりました」

「お世話だなんて……」

「いまでも、みんなで話すんだ。お市さまたちがいつも暮らしを気にかけてくれて、どうにか食っていくことができたって」

喜七を死なせてから、茅野家は足しげく喜七の家族のもとへ通っていた。あの日襲撃を受けた松三郎も、一家が路頭に迷わぬように暮らしを支えていたはずだ。上野戦争のあと、八郎たちが移り住んだ先がわからなくなり、それだけが心残りだと、いまも松三郎に会えば口にしていた。

「みんなは健勝かい？」

淳之介が一番知りたかったことだ。

「おっ父はあいかわらず酒ばっかり呑んでいるけど。姉ちゃんはもう嫁いでいきました」

八郎自身は目黒で大工の小僧として奉公に上がったが、腕を磨くため、二年前に根岸の棟梁の元へ修業に出てきたという。

もしも平穏な日々が続いていたら喜七は賢い学者になっていただろうと、父は酒が入れば呟くらしい。

「おっ母は、いまも兄ちゃんが残した書を大事に持ってるよ」

お市が我慢しきれず嗚咽を漏らし、源次も手ぬぐいで顔を覆う。

喜七に教えたさいごの文字は、彼らの母を長く苦しめてしまったのではないだろうか。

淳之介は八郎のたくましくなった肩に手を置き、そっと撫でた。

「私たちを恨んでおるだろう」

「恨むもなにも、先生や緑松の旦那さんが兄ちゃんをどうにかしたわけじゃねえ。あのころが、すこし狂っていたんだ。おっ父とおっ母は、おいらと姉ちゃんにいつもそう言ってたよ」

学ぶことは、人に寛容であることを身につける手段だと、淳之介は心得てきた。その心を得るために、多くの知識を身につけ、欲のためではない学問をおのれのものにするのだ、と。

しかし、喜七と八郎の家族はただ懸命に生きることで、その力をとうに身につけていた。

学問を生業とし、多くの弟子を持ちながら、いまだ淳之介はその力を得ていない。いや、この先も、自分はきっと欲深さを消し去ることはできないだろう。

だが、それでも学びたいと思う。次の世に新たな種を残すために。正しい事も誤ちも、すべてを包み隠さず伝えていくために。

己と議論同じきを悦んで　己が意見と異なる者を楽しまざるは　学者の通患なり――

淳之介は梅の木を見あげた。大和牡丹という名の八重の花を咲かせるこの梅は、あとから植えられた多くの梅の木が実をつけても、一向に咲く気配をみせなかった。

喜七が箒で素振りをしていた場所に植えたその梅は、ようやく今年花をつけ実を落とした。大人たちの我欲をそう簡単に許すものかと、蕾を固くしていたに違いない。だが、優しい子だった。

一生許さなくてもよかったのに。本当に、優しい。

涙が視界をかすませる。まるで緑の葉が淡い花のようだ。

衛が、なぜ泣いているのかと心配そうに父の顔をのぞきこんでいる。

なにから話したらいいだろうか。八郎にも衛にも、あの動乱の日々をどう語ったら、苦しいばかりではなかったとわかってもらえるだろう。

ぎりぎりまでおのれの心をさらけ出して生きていた仲間たちが、長い徳川の世の終わりに残した、まるで忘れ草のようなささやかな想いを、どう伝えたらいいだろうか。

「立派だなあ。よくここまでの実をつけたものだ」

梅の木が、武蔵野(むさしの)を過ぎてきた風に揺れて葉を散らした。

だれかが「先生」と呼んだ。

振り返ったそこには、小さな黒目の男の子が、まっすぐ立って笑っていた。

【主要参考文献】

『江戸の読書会　会読の思想史』前田勉（平凡社ライブラリー）
『オールコックの江戸　初代英国公使が見た幕末日本』佐野真由子（中公新書）
『旧事諮問録　江戸幕府役人の証言（上）・（下）』旧事諮問会編・進士慶幹校注（岩波文庫）
『武家の女性』山川菊栄（岩波文庫）
『現代語訳 武士道』新渡戸稲造著 山本博文訳・解説（ちくま新書）
『渋沢栄一 「論語」の読み方』竹内均編・解説（三笠書房）
『町奉行』稲垣史生（人物往来社）
『小石川御家人物語』氏家幹人（朝日新聞社）
『幕末未完の革命　水戸藩の叛乱と内戦』長崎浩（作品社）
『覚書 幕末の水戸藩』山川菊栄（岩波文庫）
『江戸時代の罪と罰』氏家幹人（草思社）
『江戸の牢屋』中嶋繁雄（河出文庫）
『戊辰物語』東京日日新聞社会部編（岩波文庫）
『真説　上野彰義隊――慶応四年の知られざる日々――』加來耕三（NGS）
『彰義隊遺聞』森まゆみ（集英社文庫）
『江戸のいちばん長い日　彰義隊始末記』安藤優一郎（文春新書）

初出
水仙香　「小説新潮」二〇二一年六月号
萩の小道　「小説新潮」二〇二一年十月号
鑑草　「小説新潮」二〇二三年七月号
千鳥啼く　「小説新潮」二〇二四年三月号
「空蟬」と「忘れ草」は書下ろしです。
なお、単行本化にあたり、加筆修正を施しています。

高瀬乃一（たかせ・のいち）

一九七三年愛知県生まれ。名古屋女子大学短期大学部卒業。青森県在住。

二〇二〇年「をりをり よみ耽(ふけ)り」で第一〇〇回オール讀物新人賞を受賞。

二〇二二年刊行のデビュー作『貸本屋おせん』で第一二回日本歴史時代作家協会賞新人賞を受賞。

他の著書に『無間の鐘』『春のとなり』などがある。

梅の実るまで
茅野淳之介幕末日乗

著者
高瀬乃一

発行
2025年 1月15日

発行者 佐藤隆信
発行所 株式会社新潮社
〒162-8711 東京都新宿区矢来町71
電話 編集部 03-3266-5411
読者係 03-3266-5111
https://www.shinchosha.co.jp

装幀
新潮社装幀室

印刷所
錦明印刷株式会社
製本所
加藤製本株式会社

乱丁・落丁本は、ご面倒ですが小社読者係宛お送り下さい。
送料小社負担にてお取替えいたします。
価格はカバーに表示してあります。

ISBN978-4-10-356011-1 C0093